集英社オレンジ文庫

映画ノベライズ

町田くんの世界

後白河安寿

原作／安藤ゆき

CONTENTS

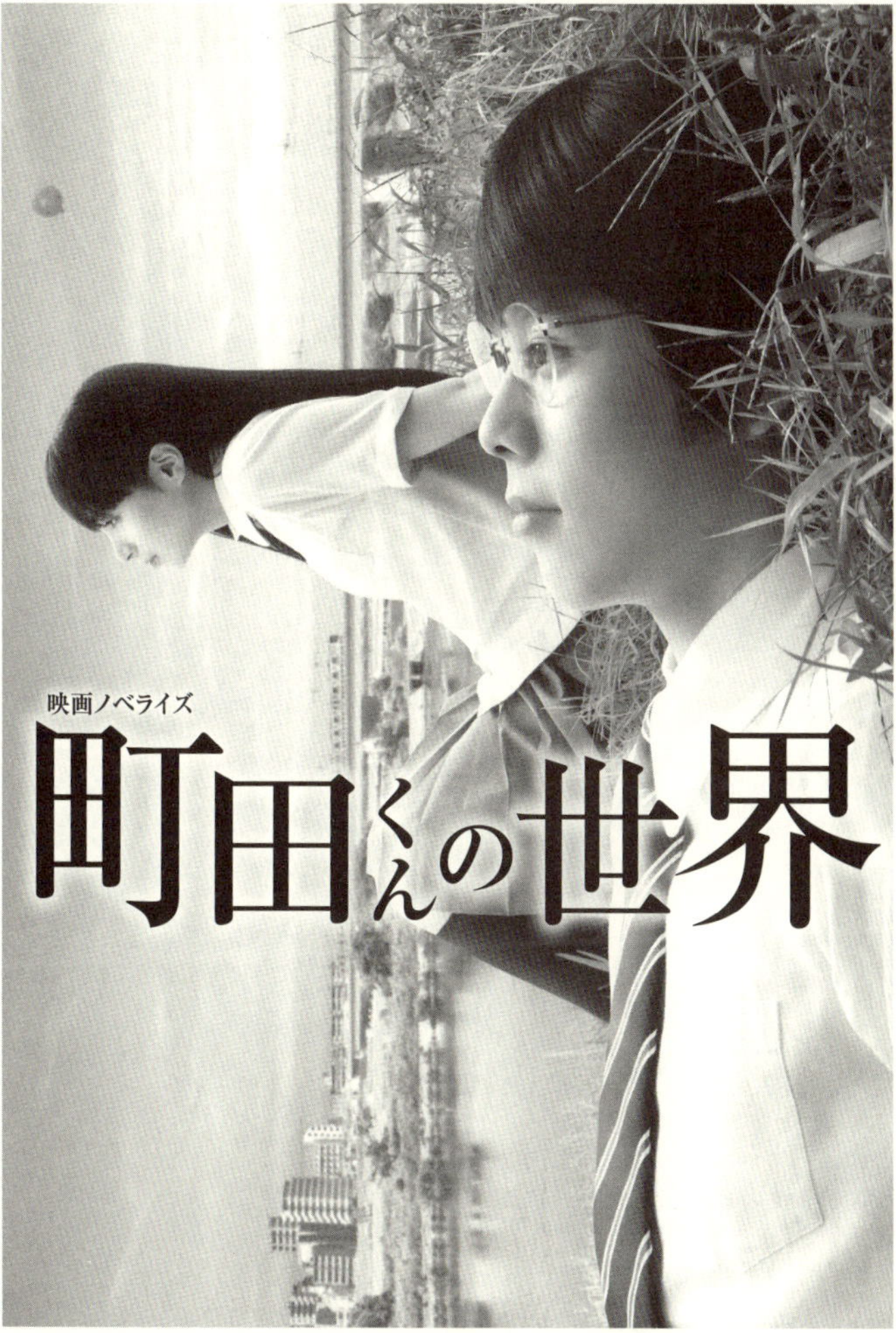
映画ノベライズ
町田くんの世界

第一章

人が好き

朝、六時三十分。

「みんなー、起きてー」

町田《まち だ》一《はじめ》は母の声で目を覚ました。

床に所狭しと敷き詰められた布団では、まだ弟妹たちが眠っている。

窓辺に立ち、カーテンを開けた。まぶしい光が飛び込んでくる。

メガネをかければ、景色がくっきりと浮かび上がった。庭の木々は青々と茂り、外柵《がいさく》に沿って並ぶ鉢植《はちう》えはたくさん花をつけている。小鳥たちは楽しげに鳴いて初夏の朝を告げ、すぐそばを流れる小川には二羽の鴨《かも》がゆったりと泳いでいる。丘の上にある我が家からは朝陽で初々《ういうい》しく輝いている東京の街並みが遠く見渡せる。

今日も世界は美しい。

「お兄ちゃん」

振り向けば、三男のけいごがべそをかいていた。パジャマのズボンがぐっしょりと濡れ、布団におねしょの地図ができている。

「……」

ぽんと頭を撫《な》で、着替えを手伝った。

自分の身支度《みじたく》も整え、キッチンへ向かう。

今朝のメニューは目玉焼きだ。

「おはよー」

母がレコードをかける。明るい音楽が部屋を満たすと弟妹たちが次々とリビングへやってきた。わっと賑《にぎ》やかになる。

「けいご、ズボン穿《は》いて」

「やーだー」

チラシを広げて座る母の周りを、次女のしおりとけいごが走り回っている。そのうち、植木に水をやっていた次男のミツオが加わって、追いかけっこが始まった。

「危ないよ」

キッチンから声をかけた。

第六子を妊娠《にんしん》中の母をおもんぱかってのことだ。このごろでは毎朝、臨月《りんげつ》の母に代わって朝食を作るのが一の日課となっていた。

オフホワイトのエプロンをつけ、調理に取り掛かる。

フライパンを熱して油を引いて、卵を割る。単純な手順だが、不器用なのでなかなか難しい。いまだにぎこちない手つきのままだ。

白身の端が固まってきたころ、長女のニコが大あわてでキッチンへ飛び込んできた。

「あっ、お兄ちゃん、あたしも手伝う、ごめん」

ニコはかろうじて制服に着替えているものの、起きたての顔をしている。一はそんな妹を優しく眺めた。

「大丈夫だよ。ニコは受験生なんだから」

チラシの向こうから母が会話に加わってくる。

「ひき肉安い。一、お母さん今夜ハンバーグ食べたいな。って、無理だよね」

ハンバーグ。

朝食を作っているとはいえ、基本的に卵を焼くか茹《ゆ》でるかしかできない自分には未知の料理である。

が、母の希望だ。なんとかしよう。

「いや、頑張るよ。ハンバーグ」

ちらりとよぎった不安は押し隠し、ほほえみを返した。

一は青いスモックに着替えたけいごを伴《ともな》い、通学のバスに乗った。ちょうど空いていた二人掛けの座席へ腰かけ、リュックから家庭科の教科書を取り出す。

「ハンバーグ、ハンバーグ……」

どうやって作るんだろう。

アナログ人間の一はスマホやタブレットを持ち合わせていない。ほとんどの乗客が座席でスマホをいじる中、真剣な面持《おもも》ちで紙面へ目を落とす。

材料は、ひき肉、玉ねぎ、卵、パン粉。

まずは玉ねぎをみじん切りにする。

みじん切りってなんだっけ。

ページをめくって、細かな用語説明がないかどうかを探す。調べ物はなかなかはかどらない。

途中の停留所で大きな紙袋を両手に提げたおじいさんが乗ってきた。

一はすかさず立ち上がり、駆け寄る。

「すいません、どうぞ」

おじいさんを座らせると傍《かたわ》らへ立ち、再び教科書を広げた。

買い物をして帰るから下校は一時間半。自分の不器用さと初めて作るメニューということを考えても調理には二時間ほしい。夕食は七時。となると放課後はすかさず帰らないといけない。

やはり、今のうちにきっちり手順を頭に叩き込んでおかなければ。少しの時間も無駄にできない。

「ハンバーグ、ハンバーグ……」

テストの前夜のごとく血走った目で文字を追った。


ハンバーグの作り方……。

教室についても、授業が始まっても、一の頭の中はそれでいっぱいだった。

通学中はおろか、昼休みを使っても調べきれなかった。要領が悪いんだ。

美術の時間、頭をハンバーグでいっぱいにしたまま木版画を彫っていた。

「あれ、猪原《いのはら》は」

机間《きかん》指導をしていた美術教師がふいに言う。

一と同じ作業机のココミが答えた。

「保健室だと思います」

「なんだ、久しぶりに出てきたと思ったら保健室か」

教師の何気ない発言を皮切りに、クラスメイトたちがささやきだす。

「ねぇねぇねぇねぇ、あ~見えて遊びまくってんだよ。親に似たんじゃね」

「親？　あぁ、聞いたことある」

「アナウンサーの猪原聖子《せいこ》、ゲス不倫《ふりん》で干されたんだよね」

「マジヤバイよね。ま、だいぶ前の話だけど」

ハンバーグ。ハンバーグ。

黙々と彫刻刀を動かし続ける。

ふと、木版画へ影が落ちた。化粧《けしょう》ばっちりのギャル、栄《さかえ》がこちらをのぞき込んでいる。

「今日の木版画のテーマ、生き物だったよな？」

「そうだよ」

「じゃ、斬新《ざんしん》だな」

ぼんやりしていた焦点が合う。手もとには、半ば無意識のうちにできあがった自分の作品があった。

『ハンバーグ』

浮き彫りでしっかりと文字が刻んである。

「なぜだ」

「あたしが聞きたいよ」

あわてふためいた一は木面に消しゴムをかける。

「消えない消えない。彫っちゃってるから」

即座に冷静なつっこみが入る。

ならば、と彫刻刀で文字の部分を削《けず》り取ろうとした。が、気が動転していて手が滑る。

ざくり。

鈍い音がして左手に痛みが走った。

「痛っ!!」

血が滴《したた》り、木版画を赤く染める。

栄は眉《まゆ》をひそめてため息をついた。

「保健室、行ったほうがいいかもな。出ちゃってる、血が」

そばへやってきた教師も渋い顔でうなずいている。

一は立ち上がった。椅子《いす》が大げさな音を立てて後ろへ倒れる。しまった。

かなり平常心を失っているらしく、手加減ができない。右手で患部を押さえてふらふらと教室を出ていく。

その背が見えなくなってから、クラスメイトのココミが栄にそっと耳打ちしてくる。

「今保健室に猪原さんがいて。で、そこに町田くんが行く。これってやっぱり恋の始まりの感じなのかな。ねぇ」

話しかけられた栄は、肩をすくめた。彫刻刀を握り直し、作業を再開しながらそっけなく言う。

「普通はな」

「普通は！」

「なぜってここは高校だから」

「やっぱり高校ってそういうところだよね」

夢見るような目をしてココミは続ける。

「たとえばなんだけど……もしかして、キスとかしちゃうのかな」

「普通なら、もっといく」

「もっと！」

うなずきかけて、栄は手を止めた。少し考えて言う。

「問題は、町田がどう出るか」


薬品の匂《にお》いが漂う保健室についた。

だが、肝心《かんじん》の保健医がいない。

一は指を押さえたまま、直立不動でいた。

優しい風が淡いピンク色のカーテンを揺らし、昼下がりの光が射し込んでくる。窓から見える校庭は静かで、キジトラの猫がひなたぼっこをしている。

ずいぶん穏やかな午後だ。

でも、指がじんじんと痛い。その感覚だけが異質だった。

患部はおろか、押さえる右手まで赤く染まっている。床に赤い滴《しずく》が点々と落ち、不思議な模様を描いていく。

痛い。痛いな。痛い……。

どれくらいの時間じっとしていただろうか。突如、ベッドの仕切りのカーテンが開いた。そこには、目を奪われるほどの美少女がいた。さらさらのストレートヘアに、くっきりとした目鼻立ち。ベッドで寝ていたにしては、ちっとも寝乱れた様子ではない。

彼女は一の怪我《けが》を見て、面倒くさそうな声を投げかけてきた。

「いや、保健の先生今いないよ」

「うん。待ってるんだ」

答えると、彼女は鳩が豆鉄砲を食らったような表情になる。

「え、なに。バカなの？　っていうか、いつからいたの」

「どうだろう、わからない。でも、待ってるんだ」

「バカだ」

舌打ちが聞こえたかと思うと、彼女は大股《おおまた》でこちらへやってきた。一を座らせ、机の上のティッシュを取る。ため息をつきつつ、それを患部へ当ててきた。ティッシュが見る間に赤く染まる。

指。

一は左手へ添えられた彼女の手をじっと見つめる。

繊細《せんさい》で綺麗《きれい》で器用な女子の手だ。

彼女は血をふき取ると、救急用具が並ぶトレーに手を突っ込んだ。取り出したガーゼに消毒液を含ませ、傷口へ当てる。次に包帯を探した。しかし、巻くには短すぎるものしか見つからない。

「はぁ～、めんどくさっ」

今度はポケットをあさった。青地に小さな星の刺繍《ししゅう》が施《ほどこ》されたハンカチを出し、指へ巻きつけてくる。

思わず口を挟んだ。

「猪原さんのハンカチが汚れちゃうよ」

「捨てていいから。って、なんで私の名前知ってんの」

驚いたらしく手が止まる。

たしかに話したことはない。ほとんど顔を合わせたこともなかったかもしれない。それでも知っている。なぜなら、

「同じクラスだから」

わずかな沈黙が落ちた。ずいぶん冷めた声が耳に届く。

「ああ、そっか。みんな私のこと噂《うわさ》してるしね」

どんな噂だっけ。

美術の時間、彼女の話題になったときクラスメイトがざわついていた気がする。しかし、頭の中がハンバーグ一色だったせいで、ちっとも思い出せない。

そのあいだに猪原はハンカチを結び終え、一に背を向けた。ドアへ向かって歩いていく。

あわてて呼びかけた。

「大丈夫？」

彼女は怪訝《けげん》そうに立ち止まる。問われた意味がわからなかったらしい。

「寝てなくていいの？」

一が来る前までベッドで休んでいたはずだ。邪魔をしてしまったのなら申し訳ない。

「別に、サボってただけだから」

「なんでサボってたの」

単純に不思議でたずねると、彼女は心底うんざりしたふうに大きく肩を下げた。

「人が嫌いなの」

いやにはっきりと言い捨てる。そして、今度こそ保健室を出ていった。

人が——嫌い、とは。

一は彼女の言葉をゆっくりとかみしめた。

それから、おもむろに立ち上がる。

息をすうっと吸い込み、保健室を飛び出した。


「猪原さん」

廊下《ろうか》を歩き出したところで、背後から呼び止められた。

訝《いぶか》しく思って振り返る。

ついさっき傷の手当てをしてやった地味なクラスメイトが保健室から飛び出てきた。

彼は唾《つば》をごくりとのみこむと、姿勢を正した。徒競走のスタートラインに立ったみたいに身構える。

「は……?」

なにをしようとしているのかまったく見当がつかず、まじまじと見てしまう。

彼は上下に大きく手を振った。

走ってくる!

本人はいたって真面目《まじめ》だが、体育の教科書に載っている綺麗なフォームとはかけ離れた残念な走り方だ。まだ数メートルしか移動していないが、すでに息が上がっている。

――逃げよう。

回れ右して駆け出した。

一は必死に追いかけてくる。

渡り廊下を突っ切り、上履《うわば》きのまま校庭へ駆け出した。

「なんなのマジで。意味わかんない」

どこまでも追ってくる。

ときどき振り返っては、そのたび変わったクラスメイトの姿に目をむいてしまう。

まだいる。

まいたかと思ってもしつこく追いかけてくるため、距離は縮まらないまでも離れない。

「猪原さんっ」

彼は全力で地面を蹴《け》っている。なんとか追いつこうとしているらしい。しかし、まるで踏み台昇降でもしているみたいに進まない。

「遅すぎるだろ」

猪原は悪態をつきながら外階段を上った。まだ追ってくる。あきらめる気はないらしい。

再び校舎へ入り、廊下を走り、とうとう行き止まりに阻《はば》まれた。

やっと追いついてきた一は、くの字に前屈みになり、膝へ手を当てた。肩がせわしなく上下している。

今なら回り込んで逃げられるだろう。けれども、満身創痍《まんしんそうい》な姿を目《ま》の当たりにしてはこちらも動けない。

彼の息が整うまではしばらくかかった。ようやく顔が上がり、視線がかち合う。ひどく真剣なまなざしをしていた。

「なに」

「ありがとう」

吸い込まれるほど真っ直ぐな瞳。思わず見入ってしまう。

「ハンカチ、本当にありがとう。ちゃんと洗ってくるよ」

まさかそんなことを言うためだけに、必死で追ってきたのだろうか。

どう反応していいかわからなくて、うつむいた。

「いい。捨てて、そんなの」

「そんなの？　必ず持ってくるよ。待ってて」

言いたいことは言えた。彼はそんな表情をして回れ右をした。そして、すたすたと去っていく。

あれだけ執念深く追ってきたくせに、去り際のあっさり具合がおかしい。しかも、走っても歩いても、たいして速度は変わらない。

変なやつ。

猪原は珍獣を見る目つきでその背中を見送った。


放課後。猪原は帰宅を急ぐ気になれず、川べりに寝転んでいた。

バカみたいに晴れ渡る空を見ていると、目が痛い。

手に触れた草をむしり、ぞんざいに放り投げた。ふと、視界の端に赤い風船が映る。

「?」

起き上がると、土手の上に風船を持った小さな男の子が見えた。学校帰りなのか紺《こん》色の制服姿でランドセルを背負っている。子どもらしいおぼつかない足取りで歩いていて、ランドセルの脇に提げた給食袋がそのたび躍る。

なんとなく男の子を目で追っていた。ふいに小さな手から風船が放たれてしまう。

男の子は手を伸ばして紐をつかもうとした。しかし、風船はゆらりゆらりと左右にすり抜け、ゆっくりと浮かび上がっていく。

「あーあ、かわいそ……」

思わずつぶやいたとき、土手の向こうに見覚えのある姿が現れた。

一生懸命手を振り、精いっぱい大きなステップを踏んで――いるわりにはなかなか進まない。あいつだ。

「えっ、また……⁉」

一は小さなレジ袋を提げたまま、風船の流れる方向へ走る。緩《ゆる》やかな風に乗って遊ぶように宙を舞う風船は、なかなか捕まらない。

飛んで。そこ！

ああ、だめ、ジャンプ力も弱いんだ。

相変わらず惜しいフォームに気をとられているうち、いつの間にか目が離せなくなっていた。

レンガ造りの水門の方へ飛んでいく風船を、彼はなおも追いかける。

レジ袋を放り投げ、ぎこちなく水門へ上がり、狭い足場で飛び上がった。それでも風船はつかめない。

一緒になって猪原もぎゅっとこぶしを握り締めていた。手のひらは汗でびっしょりだ。

一はとうとう水門の鉄柵《てつさく》へ登った。あともう少しなのに、手が届かない。

頑張れ――！

膝がぐんと曲がる。力を溜めて、勢いよくジャンプする。

つかんだ!!

万歳《ばんざい》をしたい衝動にかられるも、次の瞬間青ざめた。

落ちる!

後先考えずに飛んだ一の下には足場がなかった。ただ流れの速い川があるだけだ。

思わず頬《ほお》がひきつる。

そのとき、強い風が巻き起こった。

ふわり、と。

彼は足もとから不思議な力に押されて浮いていた。

「落ちるな……」

祈るようにつぶやいた。両手の指を組んで、固く握る。一は風に乗ってまん丸の赤い風船にぶら下がったまま、ふよふよと川岸まで飛んで――いくはずもなく。

「わあっ!」

急降下して川へ落ちた。

「っ!」

猪原はハッとまぶたを開いた。

何度も瞬きをしてから、辺りを見回す。

土手に寝転んでいる自分。緩やかに流れる川。他には誰もいない。空に風船は浮かんでいなければ、川でおぼれる高校生もいないし、ランドセル姿の男の子もいなかった。

白昼夢《はくちゅうむ》を見ていたらしい。

「……飛べるわけないいか」

苦笑が漏《も》れた。

私らしくない。

妙な夢を見たのはきっと、昼間におかしなやつと絡んだせいだ。

「帰ろ……」

寝乱れた黒髪をさらにかきまぜながら歩き去った。


当初予定していた時間よりもだいぶ遅れて一は帰宅した。

「兄ちゃん⁉ どーしたの、そのケガ！」

ミツオが真っ青になって駆け寄ってくる。

「たいしたことないよ」

弟を安心させようと、軽く頭を撫《な》でてやった。それでも心配そうにしているから、今日のできごとをかいつまんで話す。

「大丈夫？　良からぬ一日だったんじゃない？」

母が腹をさすりながら言った。

手当てされた左手へ目を落とす。

綺麗《きれい》な指をしたクラスメイトが巻いてくれたハンカチ。

「ううん、いい一日だったよ」

ぞんざいな態度と口調で、しかし丁寧《ていねい》に手当てをしてくれた。思い出すとあたたかいものが胸にこみ上げてくる。

「よし、じゃあ、ハンバーグを作ろうかな」

エプロンの紐を結びながら台所へ向かう。手伝おうとやってきたニコが冷蔵庫を開けて首を傾《かし》げた。

「お兄ちゃん、お肉は？」

右手に提げてきたはずのレジ袋は、いつの間にか消えていた。

「……どっかに忘れた」

「え〜、ハンバーグ食べたかったのに」

弟妹たちの落胆《らくたん》がキッチンに広がった。

そのころ川べりでは、ひき肉の匂《にお》いに誘われてきた猫がレジ袋へ顔を突っ込んでいた。その頭上を赤い風船が飛んでいく。

のどかな黄昏《たそがれ》だった。

＊＊＊　　＊＊＊

ある朝、吉高洋平《よしたかようへい》は出版社へ向かう通勤のバスに乗った。

くせのある硬い髪は手ぐしで無造作《むぞうさ》にかきあげられ、メガネの奥の目は疲労でどんよりしている。

バスの座席はすべて埋まり、立っている乗客が目立った。

吉高の隣には高齢の女性が立っていたが、四人掛けの優先席に座る者は誰一人席を譲《ゆず》ろうとしない。みな一様にスマホを持ち、ある者は一心不乱に指を動かし、ある者はつまらない顔で画面を眺めている。

気づいていないのか、知らんぷりをしているのか。革靴《かわぐつ》の爪先《つまさき》をとんとんと鳴らしてみたが、反応はない。すると、踵《かかと》になにかが当たる。空き缶だ。誰かが捨てたらしい。

缶はバスの揺れに従って転がっていき、後部座席の女性の靴で止まる。女性はスマホを見つめたまま迷惑げに缶を蹴《け》り、また別の誰かの足にぶつかる。

誰ひとり拾おうとしない姿にいらいらしてくる。

そこへ、幼稚園児を連れた男子高生が移動してきた。うだつの上がらなそうなメガネくんだ。彼は誰も触れようとしなかった空き缶をこともなげに拾い、こちらへやってくる。

そして、吉高の隣で辛《つら》そうに肩を落としていた老婦人へ話しかけた。

「座りますか？」

女性はため息交じりの笑みを浮かべた。

「大丈夫よ。すぐ着くから」

メガネくんは無言で優先席に座る客を見つめた。

「ちっ」

スマホをにらみつけていた男性客が舌打ちを漏らす。

もの言いたげな視線に耐えきれなくなったのだろう。乱暴に鞄《かばん》をつかんで立ち上がり、バスの後方へ行ってしまった。

「どうぞ」

「ありがとう」

老婦人は申し訳なさそうにお辞儀《じぎ》をしてそこへ腰かけた。

「ヤバッ。さすが町田くん」

ふと、そんな言葉が耳に届いた。声がした方を見やれば、乗りあわせていた女子高生たちだった。

「は、誰」

「え、町田くん知らないの？　劇的にイイ人で有名じゃん。なんか一部ではキリストって呼ばれてるみたいだよ」

町田くんか。

地味な見た目ながらも、射貫《いぬ》くまなざしが印象的な青年だ。

「知らねー。てか偽善でしょ？　ああいうのに限って、犯罪とか起こすんだよ」

「わかるー。モザイク似合いそうだし」

「チョーわかる」

「容疑者M」

「いそう」

女子高生たちはささやき合い、くすくすと笑う。

噂《うわさ》の『町田くん』はまるで悪意とは切り離された世界に存在するようにピンと背を伸ばして立っていた。

そのうちバスが停車して車内はさらに混み合う。彼は人に埋もれて見えなくなってしまった。

＊＊＊　　＊＊＊

『取り壊し予定』

猪原は看板の横をすり抜け、立ち入り禁止と書かれた低い鉄柵《てっさく》をまたいだ。

ここは校舎の隅にある、使われていないプールだ。中途半端に雨水がたまり、木の枝や葉っぱやごみが浮いている。

更衣室の屋根がつくる影に座り、本を開いた。

ここなら誰も来ない。

――はずだったのだが、

「やっと見つけた」

メガネのクラスメイト、町田一がひょっこりと現れた。

「……」

関わりたくない。

無言で立ち去ろうとする。全身に拒絶のオーラをまとっていたのに、ためらいもなくすれ違いざまに声をかけてきた。

「ごめん。ハンカチ、洗ってもダメだった。新しいのを探したけど、似てるものしかなかった」

こちらへ包みを差し出している。ご丁寧にプレゼント用のリボンシールまで貼ってある。わざわざ買ってきたらしい。

すげなく無視したかったが、なんとなくそうさせない雰囲気《ふんいき》があった。

仕方なく戻り、ぞんざいに手を出す。まるで包みが壊れ物であるかのごとく丁寧に手のひらへ置かれた。

「猪原さん、授業出なくてついていけるの？」

こちらが受け取ったことで距離を詰めた気にでもなったのか、一は遠慮《えんりょ》ない質問を投げかけてきた。

つんとそっぽを向いてプールの縁へ立つ。

「関係ないでしょ」

「ううん、そんなことないよ」

憎らしいほど平然と返される。

少しは空気読めよ。こっちは話しかけるなって態度なんだから。

いっそうカチンときて飛び込み台の上へ飛び乗った。

早口でまくしたてる。

「なに、同情？　優越感？　優等生が問題児を説得して嬉しいみたいな」

こちらの勢いにしり込みしたのか、沈黙が落ちる。

言いすぎた……？

少しだけ罪悪感がわいてきて、ちらりと様子をうかがった。彼は遠い目をしていた。

「俺は走るのも遅いし勉強も信じられないくらいできない」

「あ……」

残念なランニングフォームからすると、勉強についても要領の悪さはお察しだ。あながち嘘とは思えない。

好き勝手に非難してしまった手前、申し訳なくなった。

「なんかごめん」

「小さいころ、頭を打ったんだ。かなり強くね」

「たぶん、それは関係ないと思うよ」

なぜか毒気が抜かれる。柄《がら》にもなく笑いたくなったくらいだ。

空を見上げている一につられて天を振り仰《あお》ぐ。そこには澄み切った青空が広がっていた。

直視できないほどの、まぶしい世界。

「たしかに。教室にいるのはもったいない」

大きく深呼吸をした彼は、こちらを見る。

ドキリとするほど真っ直ぐな瞳をしていた。

「俺は好きだ」

一瞬、耳を疑った。

好き。

好きって、嘘。

「え、はぁ？　ちょっ、なに言ってんの、そんな突然」

彼はぶれないまなざしで続ける。

「人が好き。猪原さんは嫌いって言ったけど」

「……」

——そういうことね。

唇の端をぴくぴくとふるわせた。

まぎらわしい言い方するな。

歯を嚙《か》みしめ、絞《しぼ》り出すように返す。

「私は嫌い。人も、馬鹿みたいに晴れたこんな空も」

相手にしていられない。

バカに感染してしまう。急いで踵《きびす》を返す。

この場から逃げずにいられなかった。


猪原さんは人が嫌い——か。

一は廊下《ろうか》で自分の前方を歩いていた栄を呼び止めた。

「ちょっといいかな。栄さんは、人が好き?」

彼女は立ち止まった。振り向いた顔には困惑がにじんでいる。

「なんだその質問。宗教でも開くつもりか?」

「ううん、猪原さん、人が嫌いなんだって。俺、そんなふうに考えたことなかったから」

わからない。

つながらないんだ。

誰かのために迷わずハンカチを差し出す彼女が人を嫌いだなんて。

栄は首を傾《かし》げた。手にしていたペンケースでやれやれとばかりに肩をたたく。

「あの子って昔からそうだから」

どうやら二人はもともと知り合いらしい。

「小学校のときさ、声かけたことあんだよね」

遠い日々を懐かしむ目をして、栄は語る。


――あれはいつだったか、たしか小学四、五年生のころ。休み時間に校庭へ向かおうとしたときだ。教室に猪原が一人でいるのに気づいた。

開け放たれた窓からは子どもたちの騒ぎ声がかすかに聞こえるが、教室はやけに静かだった。まるでそこだけが切り離された空間みたいだ。

栄は近づいていく。しかし、彼女は時が止まったふうにじっと動かず、本を読んでいた。目の前に立っても反応しない猪原に思いきって声をかけてみた。

『一緒に遊ぼ?』

『は……?』

顔を上げた彼女は、なにも映していない乾いた目をしていた──。

「──近寄るなって感じ? まあ、親があんなことしたっていうせいでもあんだろうけど」

親? あんなこと?

どんな傷が君を不安にさせているんだろう。

「なんでだろう、わからない。俺は人が好きだから」

一の沈痛な声を聞いた栄は苦虫《にがむし》を嚙み潰したような顔をした。

「今時さぁ、人が好きとか言ってるやつのほうがヤバイぞ、町田」

慰めるふうにぽんぽんと肩を叩いてきたかと思うと、彼女はペンケースを振って廊下の向こうへ去っていく。

「栄さん、相談に乗ってくれてありがとう!」

声を張り上げてお礼を告げれば、背中を向けたままで彼女が片手を上げる。

と、栄の歩いていく方向に、困っている男子生徒がいた。掲示板の前で背伸びをしたり飛び上がったりして壁を叩いている。どうやらポスターを貼ろうとしているらしい。しかし、背が届かないせいで高い部分の画鋲《がびょう》がうまく留まらず、おまけに窓から吹き込む風が邪魔をしてポスターの端がめくれてしまっている。

「よし」

考えるより先に身体《からだ》が動く。

あきれて口を開けている栄を追い抜かし、男子生徒のもとへ馳《は》せ参じる。

無言で床に膝をつき、目を丸くしている男子生徒の足をつかんだ。ひと息に肩へ担《かつ》ぎ上げる。

折からの風が吹き、立ち上がると同時に男子生徒の身体がふわりと浮いた。『七夕《たなばた》祭り』と書かれたポスターは今度こそ綺麗《きれい》に留まる。

「マジか、町田」

唖然《あぜん》とした栄の声が背後から聞こえた。

私は人が嫌い。

猪原は自宅のリビングで膝を抱えて座っていた。

高層マンションの一室で昼間は日当たりがよいが、夕方の今は薄闇に沈んでいる。レースのカーテンを通して差し込むわずかな光だけを頼りに、書類へ目を落とした。

『長期海外留学の申請手続きについて』

海外留学の手続き書類である。

すべて英語で書かれているから解読に少し時間がかかる。

熱心に読んでいたら、玄関の鍵《かぎ》が開く音がした。すりガラスの向こうに人影が見える。

「っ」

書類をさっとローテーブルの下へ隠した。同時にリビングの戸が開かれる。

「あ、いたの」

猪原聖子、母だ。あかぬけた容姿は年齢を感じさせず、さすが元人気アナウンサーである。彼女は少し驚いた声を発したものの、視線はこちらへ向けない。キッチンの脇に荷物を下ろし、ダイニングテーブルへ白い封筒を置く。

「これ今月の食費ね」

「うん」

ぎこちない笑みで応えた。自分を見ようともしない母には無意味だけれど。

第二章

大切な人

『この世界は悪意に満ちている』

夕方のカフェで、吉高《よしたか》はノートパソコンを開いていた。キーボードを打つ音が高らかに鳴り響いている。

『平成というこの三十年は、一体なんだったのか』

レジの方が騒がしい。画面から顔を上げた。

「なんなんだよ、その態度、え！」

肩をいからせた中年男性が、レジカウンターの店員を怒鳴りつけている。

「申し訳ございません」

大学生のアルバイトに見える若い店員は頭を下げている。しかし、相手の怒りはエスカレートした。

「さっきも水出すの遅いしさ、なに？　コーヒー一杯じゃ客じゃないのか？　なんか言えよ、どこ見てんだ、こっち見ろよ」

傍《はた》から見るに、そこまで腹を立てるなにかがあったとはとても思えない。単なる言いがかりだろう。

フロアには他の店員もいたが、対応に出てきたりはしない。近くを通りかかった客も彼らへ冷たい視線を投げかけるだけだ。

誰も止めに入らないどころか、レジ手前のテーブル席についていた若者は笑いながらスマホを差し向けている。

「めっちゃ怒られてるね」

おおかたＳＮＳにあげているか、リアルタイム動画の配信か。

個人情報もなにもあったものではない。きっと動画はあっという間に全世界へ拡散し、次々と『いいね！』が付けられるのだろう。

──どいつもこいつも。

鼻筋にしわが寄った。再び画面へ視線を戻す。

『時代は明らかに悪くなり続けた』

新元号『平成』の発表。

バブル崩壊。

ＩＴ革命。
思い浮かぶままに文字を打ち込んでいく。
『弱い者をいじめ、自分のことしか考えない』
地下鉄サリン事件。
凄惨《せいさん》な少年犯罪。
未曽有《みぞう》の天災。
『命を簡単に踏みにじり、他人の不幸を喜ぶ』
吉高の胸には黒い煙がくすぶり、まぶたがどんよりと重くなる。
東京の街。
往来する現代の人々。
誰もがスマホへ目を落とし、他人を振り返らない。
『思いやりなんて存在しない』
コンビニの冷蔵庫に入っている少年。
笑いながらその動画を撮っている少女。
バスで出会った『町田《まちだ》くん』を嗤《わら》う女子高生。
真っ白だった画面がどんどん黒くなっていく。

『この世界は悪意に満ちている。この世界は……』

＊＊＊　　＊＊＊

夕暮れどき、一《はじめ》は帰路を急いでいた。坂道の両脇に建つ家々には明かりが灯り、どこからか玉ねぎを炒《いた》める甘い香りが漂ってくる。

今日こそはハンバーグ。

手に提げてきたレジ袋へ目を落とした。

玉ねぎにパン粉、卵……あれ。

「また肉がない！」

転げるように坂を下ってスーパーへ戻った。


すっかり陽の落ちた駅前に、栄《さかえ》とココミがいた。植え込みのブロックに腰掛け、から揚げ棒をかじっている。

学校帰り、くだらないことを語り続けていたらもうこんな時間だ。しゃべり疲れた二人は、ぼんやりと道行く人々を眺めていた。

「ねぇねぇ、なにやってんの？」

「今一人？　遊びに行かない？」

「メシおごるわ、メシ」

道路を挟んで反対側の歩道で、青のワンピースを着た子が三人連れに囲まれている。あれはクラスメイトの猪原奈々《いのはらなな》だ。彼女は初め、振り切るように男たちへ背を向けたものの、簡単に回り込まれてしまう。

「ナンパってやつかな。ヤバイね」

ココミに言われ、栄は目を細めた。

軽い雰囲気《ふんいき》で猪原に絡む男三人組はみんな高校生のようだ。

よく見れば知っている顔がある。

「だね。あれ、氷室《ひむろ》ってやつ、うちの高校の同級生」

栄は串で一番背が高い男子を指した。

氷室。

クラスは違うが有名人だ。どこぞの雑誌でモデルをしているらしい。クラスメイトがカッコいいとかいって騒いでいたのを耳にしたことがある。

改めて観察すると、彼はたしかに華やかな顔立ちをしている。黒のTシャツにデニムを合わせ、飾りといえばシルバーのペンダントだけというシンプルな格好をしているが、立ち姿はさまになっている。

栄とココミはなんとなく成り行きを見守っていた。すると、駅とは反対側から新たな人物が走ってくるのが見えた。

「あ、町田だ」

遠くからでも、ひいひいという苦しげな息づかいが聞こえてきそうな走り方だ。栄はドン引きして無言になる。

たっぷり時間をかけて走ってきた一は、猪原たちの横を通り過ぎる。

「お願い、おごるから」

「じゃあ……ご飯だけなら」

猪原は男子らに押し負けて、下を向いたまま答える。

ナンパ集団は一が走っていった方面と逆方向へ歩き始めた。

「お？」

新たな展開だ。一の足が止まっている。

彼はしばらくその場で足踏みをしてから、思い立ったように振り返った。ぼっと気迫のオーラをまとう。

　来るときと同じ速さで駆け戻り、猪原の腕を後ろからつかんだ。

「猪原さん。俺、肉を買い忘れることが多くて、今日も買い忘れて今、ここにいるんだけど」

「え？」

　彼女は目をみはって一を見つめる。

「これはなにか、違う。行こう」

　言うやいなや、一の手は猪原を男子生徒から引き離した。

　どうやらナンパが見過ごせず、救い出そうとしているようだ。

　当然ながら三人組は反発する。

「は？　なにお前」

　一はひるまず目の前の相手を見据える。かと思ったら、突如頭を深く下げた。

「ごめんなさい、彼女、大切な人なんです」

「!!」

　栄もココミも三人組もおそらく猪原も、その場にいた誰もがドキッとした。

　なんてヤツだよ、町田――！

呆然《ぼうぜん》としているギャラリーを気に留めず、彼は王子さまよろしく姫の手を取り走り出す。フォームはみっともないが。

「おい！」

はっと気づいたひとりが声を上げるが、一たちは振り返らない。

「あ、いいって、いいって、別にほかので」

氷室が肩へ手を回し、おどけたふうに止める。そして、少し首を傾《かし》げた。

「あの女……、たぶんおんなじ学校のやつ。影薄いから気づかなかったわ」

「全然わかんなかった」

「ちっ、真面目《まじめ》かよ」

彼らは軽く悪態をつきながら去っていく。全員の姿が見えなくなったところで、ココミがため息をついた。

「やっぱり始まってんのかなあ、あの二人のラブ」

から揚げ棒をレジ袋にしまう。

「あたしらこんなところでから揚げ棒食ってる場合じゃねぇな。青春がものすごい速さで過ぎ去ってってる」

「わかる。でも私、今日彼氏できたんだよね」

今日の天気を語る程度の気軽さでココミが漏《も》らす。

栄は目をむいた。

「マジか。ヤベェな青春って」

「ほんと、青春ヤバイ」


一は猪原の手を引いて川べりまでやってきた。無我夢中で駆けてきたから、息も髪も乱れ、メガネがずれてしまっている。

どこまで逃げたらいいのか。

すっかり気が動転してしまい、なおも土手の草むらを下りていく。すると、猪原が金切り声を上げた。

「ちょっと！　なんなのよ、勝手に！」

急に手を振りほどかれる。

彼女は両手を拳に握りしめ、足を踏み鳴らした。

「どういうつもり、あんな嘘までついて」

凄《すさ》まじい怒りをぶつけられ、たじろいだ。

「嘘？　猪原さん、俺よくわからないんだけど。でも、ああいうのはなにか違うと思って。ごめん、余計なことをしたかもしれない」

もしかして彼女はあの中の誰かと本当に食事をしたかったんだろうか。

考えがまとまらず、せわしなく瞳をさまよわせた。

彼女の声は更に大きくなった。

「そうじゃない。大切な人って言ったでしょ。それはなんなの、ってこと」

「え、なんなのってなに」

ぽかんと口が開いた。

猪原さんは怒ってる。

なにに？

君は怪我人《けがにん》にためらいなくハンカチを差し出すような気の優しい女の子だ。ナンパについていくのは心配だからやめてほしい。

でも、人嫌いと恋愛は別だ。

一方的なおせっかいだったのかもしれない。

謝らなきゃ。なのに、君はそうじゃないって言う。

「待って、混乱してる。なんなの、ってなに？　大切って文字どおり大切な人のことなんじゃないの?」

髪をかき回す。目も回ってきた。

彼女はこちらの気迫に圧倒されたらしく、後ずさりする。そのまま所在なく草むらをうろつき始めた。

「もー、やめてよ、私まで混乱してくるじゃん」

しばらく二人して同じ場所を徘徊《はいかい》する。

そのうち、猪原がぴたりと立ち止まった。はっきりした声で告げてくる。

「待って、誤解しないでよ。言っておくけど、ご飯代が浮いたらラッキーだなって思っただけだから」

「え! 猪原さん、貧乏なの?」

衝撃に打ちのめされて足を止めた。彼女は額に青筋を浮かび上がらせている。

「そういうこと普通訊く?」

少しでも足しになれば。

そっとレジ袋を差し出す。

「違うって! うーん、なんて言うの。ご飯代を貯めてるの」

「どうして?」

「親戚《しんせき》の叔母《おば》さんがロンドンに住んでて、留学してこないかって……いう……」

次第に彼女の声量がすぼまっていく。

それが不思議で、じっと様子をうかがった。彼女もこちらを見ている。

いつしか二人は見つめ合っていた。

猪原の頰《ほお》が赤みを増していく。

お互いに目が離せない。

金縛《かなしば》りにあったように無表情で彼女を見つめ続けていた。


翌日の放課後、猪原は栄を探した。

彼女は女子トイレの鏡の前にいた。ビューラーを使って熱心にまつげをカールさせている。

話しかけづらい。

一旦通り過ぎた。しかし、やはり意を決して戻る。

隣の洗面台で手を洗い、さりげなさを装《よそお》って口を開いた。

「あのさ、町田くんって、どういう人？」

栄は化粧《けしょう》前より大きくなった目をさらに大きくさせ、鏡越しにこちらを見た。

「おお、声聞いたの何年ぶりだろ。久しぶりだな、猪原」

唇をへの字に曲げてもう一度問いかける。

「どんなやつ？」

「んー変態、っていうのは冗談だけど、いや冗談でもないな」


——鏡の中の栄は、ついさっきの出来事を思い出していた。

トイレに来る前、図書室にいる一を目撃していたのだ。

彼は机に難しげな英語の本やら辞書やら旅行雑誌やらを広げていた。『ロンドン』という文字があった気がする。

時折眠そうにしながらも、奮《ふる》い立たせるように頰を叩き、熱心に読んでいた。

ところが、彼の視界の端を一人の女子生徒がよぎった。おそらく図書委員だろう。一人で山盛りの本を運んでいたから。

一はすっと立ち上がり、彼女へ駆け寄った。横からすべての本を奪い取り、戸惑う彼女の示す場所へ運んでやっていた。

「人のことばっか考えてるっつーか」

窓から吹き込んだ風が女子生徒の前髪をふわりと撫《な》で上げたとき、彼女の顔が真っ赤に染まっているのを栄は見た。

ココミに言わせればたぶん、『ラブ』ってやつだろう。

とんでもない男だ——。


「いい意味でイカれてる。でも意外だな、猪原が人に興味持つなんて」

ずばり指摘され、猪原はぎくりとした。

両手を組み合わせてとぼける。

「いや、別に興味なんて」

「そういや昨日、町田もあんたのこと聞いてきたよ」

「え……」

思わず栄を振り返ってしまった。彼女は鏡越しではなく、直にこちらを見ていた。唇の端を上げ、意味ありげにコスメポーチを差し出してくる。

「使う?」

「いい」

すげなく言って洗面台から離れた——が。

トイレのドアを開けたところで思いとどまった。
意地を張って断ったけど、やっぱり……。
ぐっと唾《つば》をのみこみ、栄の隣へ引き返す。
「……ありがと。今度貸して」
栄の目もとが緩《ゆる》んだ。
「一緒にメイクして、ヤバイ青春しようぜ」
心にふっと小さな明かりが灯った。
一緒に、か。
メイク道具をポーチにしまいながら栄は続ける。
「まずは恋バナからだな、家近いんだし」
恋バナ……！
ドキドキする胸へ手を当てた。
なにかわからないけど、あたたかい。
トイレを出て、ポケットからハンカチを取り出した。
一が渡してきたものだ。
広げてみれば、プールサイドで聞いた彼の声がよみがえる。

『新しいのを探したけど、似てるものしかなかった』

青地に小さな星の刺繍《ししゅう》がちりばめられたハンカチ。右下の部分には赤いポロシャツを着てポーズを決めたブタの大きなワッペンがついている。

「全然違うし」

呆《あき》れているのに、笑みがこぼれた。

――いいお天気。

廊下《ろうか》の窓から差し込む陽射しは日に日に強くなってくる。

猪原は軽い足取りで学校を飛び出した。土手を走り、靴《くつ》を脱ぎ捨て、裸足《はだし》で草むらを走る。

夏の太陽が照らし出す川は幾万の星をのみこんだかのごとく輝いている。いつしか自然と声を上げて笑っていた。

抜けるような青空に二羽の鴨《かも》が気持ちよさげに飛んでいる。

そのさまを見つめながら大きく伸びをし、川べりに寝転んだ。

第三章

よくわからない

それから数日後の朝、登校してきた一《はじめ》はいつものごとく下駄箱《げたばこ》を開けた。

上履《うわば》きの上になにかが置いてある。

淡い水色の封筒だ。金色のハートシールがきらりと光る。

「……？」

とりあえず開いてみた。


『好きです』


パワーワードが目に飛び込んでくる。

『付き合ってください。グラウンドで待っています。西野亮太《にしのりょうた》』

一瞬で頭がフリーズしてしまった。

放課後になって、一はグラウンドへ向かった。

目が細く、人がよさそうな天然パーマの少年が待っている。彼が西野だろう。

校庭の中央まで来ると息を整えた。

誠意を込めて告げる。

「ごめん。付き合いたいって書いてあるけど、付き合うってことが俺にはよくわからないんだ」

西野は顎《あご》が外れたように四角く口を開けた。

背後をジャージ姿の集団が駆けていく。胡散臭《うさんくさ》げにこちらを見ていた。

傷つけてしまっただろうか。

黙ったままの西野を見て心が痛む。声を大きくして付け加えた。

「でも、西野くんのことは好きだ」

彼は激しくうろたえ始めた。額を叩き、「あー」だの「うー」だの唸《うな》り、突然叫びを上げる。

「え!? あ! 違う違う、全然違う、なにもかも違うぞ俺……。それ猪原《いのはら》さんに出したの！」

人違い？

そうか、そうだったんだ。

肩から力が抜けた。

「なんだ……、本当にビックリした」

西野は屈んで、壊れてしまうんじゃないかというほど強く自らの膝を叩く。

「町田《まちだ》くん最近猪原さんと仲いいから、意識してたせいで間違えたんだ。こんなんだからダメなんだよな～」

「なにがダメ？」

言葉尻がひっかかり、訊き返す。彼は眉《まゆ》を下げて笑った。

「もう全部ダメ。立ち位置っていうかさ、キャラ？　俺、昔から女子に男として向き合ってもらったことないんだ」

ダメなんて……ことはない。

きゅっと唇を結び、丁寧《ていねい》に向きを変えて手紙を返す。

「でも、この手紙は西野くんの本気でしょ？　俺はもらったとき、すごく嬉しかったよ」

「いや、だから町田くんに渡したわけじゃ……」

おどけた言葉を遮《さえぎ》り、一は言いつのる。

「一生懸命な気持ちだから、嬉しかった」

自嘲《じちょう》の笑みがすっと引っ込んだ。西野のまなざしに新たな決意が芽生《めば》える。


その足で、西野は取り壊し予定のプールへと向かった。

猪原の姿を見つけ、剛速球のごとき勢いで飛んでいく。

辺りに響きわたる声で堂々と告げた。

「好きです！　付き合ってください！」

深く頭を下げ、右手を差し出す。ともすればふざけて見える行為だが、本人はいたって真剣だ。

突然の襲撃に猪原は戸惑っている。

西野はちらっと目線を上げた。おろおろと動揺《どうよう》する彼女はこちらへ目を合わせようとしない。

ピンときた。

これは断られるやつだ。

助けを求めて後ろを振り返る。

プールの壁際、立てかけられた工事用具の陰に一がいる。彼は慈愛《じあい》に満ちた観音菩薩《かんのんぼさつ》のようにこちらを見守っていた。目が合うと、しっかりとうなずいてくれる。

それだけで勇気がわいてきた。

よし、もう一度だ。押すべし。

先ほどよりも深く頭を下げた。

「付き合ってください!!　お願いします！」

猪原は西野の視線につられて彼の背後を見やり、一の姿を見つけた。

口角を引きつらせる。

「……なんでいるの。普通いないでしょ」

一度気づくとそこにしか目がいかなくなる。体を半分隠しているくせに、視線は清々しいほど真っ直ぐ向けられている。気をつかってはいても、細かいことまで思い至らないのだろう。

そちらにばかり気を取られて西野の告白に答えられない。すると彼は捨てられた子犬の顔になった。ちらちらとうかがい見てくるまなざしは、罪悪感を募《つの》らせる。

このまま黙っているわけにはいかない。しどろもどろに答える。

「……いや、私、付き合うとか、そういうの」

「あ、待って、まだ答えないで！」

泣きそうになりながら制止された。西野は一のもとへ走り去り、言葉を交わすでもなくアイコンタクトだけしてから電光石火で戻ってくる。

なにを目で語り合ったのか知らないが、先ほどよりもまなざしは強くなっていた。

天高く人差し指を突き立てる。

「一回、一回でいいから、デートしてくれませんか？　お願いします！」

彼は地面にこすれるほど頭を下げる。かと思えば、ついにはプールサイドで土下座《どげざ》をしてしまった。

「い、いやいやいや……」

すっかり困り果てた猪原は一へ視線をやった。

彼は訳知り顔で言う。

「西野くんは一生懸命だよ。だから……」

援護射撃を期待して、西野が表情を明るくする。

「猪原さんがイヤなら、一生懸命断ったほうがいい」

「一生懸命……、ちょい お前！　おいー！　おいっ！」

だが予想とは違った一の言葉に、西野はくずおれた。

猪原は少し考え、妥協案《だきょうあん》を出すことにした。

「じゃあ……、町田くんと三人でなら」


週末、三人は昼前に駅で待ち合わせをした。

先についた一と猪原のもとへ、西野が軽やかに駆けてくる。

「お待たせ。はい、どうぞ」

赤とピンクのカーネーションの花束が猪原へ渡された。

一は感心した。西野は本当に勇気がある。

「ありがと……」

受け取ったものの、どうしていいかわからず立ち尽くしている猪原を見て、西野は大げさに両手を振った。

「あ、でも邪魔になるよね、駅前のコインロッカーに預けてくる。意味なかったかも！」

花束を奪い取り、あっという間にもと来た方向へ駆けていってしまう。緊張してやや空《から》回《まわ》り気味だが、彼の気づかいは一にもちゃんと伝わった。

「ごめん。付き合わせちゃって」

去っていく西野を見ながら猪原がぽつりと言う。

「俺は平気だよ。猪原さんこそ大丈夫？」

彼女はわずかに耳を赤くした。

「断るにも、ちゃんと彼を知ってからじゃないと悪いと思って」

なるほど。誠実だな。

一生懸命な西野くんの気持ちをきちんと受けとめているんだ。

「猪原さん、本当に人が嫌いなの？」

彼女は曖昧《あいまい》な表情で答えをはぐらかした。


デートは西野の主導で進む。

きっと事前にたくさん調べて計画してくれたんだろう。

一は彼に対する尊敬を更に深めた。

可愛《かわい》い雑貨店を見て回ったり、アパレルショップをのぞいたり、一では決して思いつかないだろう女の子が好きそうな場所を巡る。

帽子屋で、角《つの》の生えたおもしろ帽子を被《かぶ》ってみた。二人が笑ってくれたから、一も嬉しくなる。

猪原さん、楽しそうだ。

フードコートでは、西野がピザを切り分けて猪原にあげていた。

「ピザピザピザピザピザピザカット！　はい、猪原さん」

「いいの？」

「もちろん」

西野くん、キラキラしてるなあ。

これが恋しているってものなんだろうか。

部外者の自分はなるべく存在感を消して、二人の様子を眺めていた。

食事を終え、ボウリング場へ向かった。

一はきりっと姿勢を正して球を投げる。——が、数メートルもいかないうちに球はガターへ落ちた。それは、何順巡ってきても、投球の姿勢を変えても同じだった。

スコア表には一の列だけ綺麗《きれい》に『G』が並ぶ。

「すごい、すごいよ、なんか、ねぇ、膝が、ね」

「うん、なんか、いい」

ぼんやりと褒めてくれた西野と、曖昧な笑顔で相づちを打つ猪原。

その思いやりは嬉しいが複雑だ。

それより、聞きたいことがある。

猪原が投球しに立ったとき、一は西野にたずねてみた。

「恋ってどんな気持ち？　ほかの好きと、どう違うの」

「え、町田くん恋したことないの？」

「うん。よくわからないんだ。だから教えてほしくて」

視線をさまよわせながら、彼は真剣に考えてくれる。

「そっか……。うーん、ほかの好きとは根っこは一緒だと思うよ。それがちょっとしたきっかけで、爆発するみたいに、いや、魔法みたいに恋になる、っていうか。俺だってわかんないよ。あ」

パーンと気持ちの良い音がして、猪原が明るい笑顔でこちらを振り返った。

スペアだ。

「おっ！　しゃー！　ははは、よっしゃー、いえーい」

西野が立ち上がり、両手を挙げる。頰《ほお》を赤らめた猪原が小走りで来て、彼とハイタッチをした。

いつもならば一も一緒に立ち上がってそこへ並んだかもしれない。

だが、今は二人を眺めているしかできなかった。

「どんなことが、きっかけになるんだろ」

思わず漏《も》れたつぶやきを席に戻ってきた猪原が拾う。スペアの興奮が冷めないのか、まだ頬が上気したままだ。

「なんの話?」

「好きな気持ちが爆発みたいに恋になるきっかけってなに」

彼女はなぜかますます頬を紅潮させた。

「わかんないよ、そんなこと……」

消え入るような声で言い、下を向いてしまった。


次の順番が巡ってきて、一は席を立つ。

そこへ、背後から二人組の男子高校生がやってきた。シャツの裾《すそ》を中途半端にパンツから出し、ポケットに手をつっこんでいる。一の周囲にはあまりいないタイプだ。

「あれ、西野じゃーん」

「おー、チビノ、久しぶり」

彼らは近づいてくるやいなや、左右から西野を肘で小突いた。

西野はよろけたものの踏みとどまった。しかし再び強くどつかれ、今度こそたたらを踏んでしまう。

「お、おう。久しぶり」

眉《まゆ》を寄せつつも引きつった笑みを浮かべている西野の態度から察するに、彼らは知り合いらしい。中学のときの同級生だろうか。

「なにしてんの？」

「えっ、友だちと……」

二人はふいにこちらを見た。席から怪訝《けげん》なまなざしを向けている猪原に気づいたようで、黄色い歓声を上げる。

「え、なに、女？　マジで？」

「あ、いや、いや、違うんだ」

両手を振りながら西野は彼らの前へ回り込む。猪原をかばったのだろう。

「だろうな。お前が彼女できるわけねぇもんな、チビノのくせに」

「たしかにー、チビノだもんねー」

男たちは笑って西野の頭を叩いた。何度も何度も。バシバシという嫌な音が響く。

もう一人は、いやらしい笑みを顔に貼りつけ、片手で西野の両頬をつかんだ。強く握り込まれて口が開いてしまう。

それは――いじりじゃない。

一は球を置き、彼らのもとへ駆けつけた。両手でそれぞれ男子生徒の手首をつかむ。

「あぁ⁉」

彼らは眉を吊り上げこちらをにらんできた。

負けじと見据え、真摯《しんし》な声で訴える。

「彼は大切な人だ、乱暴はやめてくれ」

まなざしをいっそう強めると、西野の頭を叩いていた手が外れる。

「なにこいつ、超ヤバイんだけど」

もう一人も頬をひくつかせて離れた。

「危ねぇんだよ」

「……行こうぜ、怖ー」

二人はそそくさと去っていく。

よかった。

大きく息を吐いた。再び球を持ち、コースへ向かう。狙って投げたつもりだが、球はガターすれすれのところをさまよい、ごくごく端っこの一本だけがかろうじて倒れた。

おかしいな。当たると思ったのに。

ボウリングは難しいな。恋も、落ちるきっかけもだ。

俺には理解できないし。世の中には難しいことがあふれている。

「一本倒れたよ、町田くん」

優しい西野の声がする。

自分の世界に入り込んでいた一の肩へ彼は手を置いてくる。励《はげ》ましてくれるようだ。さらに彼は、背後からぎゅっと抱き付いてきた。

「あーっ、まちだーっ！」

ありがとう。嬉しかった。

言葉がなくとも、想いは伝わってきた。

ボウリング場を出るころには夕方になっていた。

もう帰る時間だ。

さすがに少しは二人きりにさせないといけない、と一は考える。

駅前の歩道橋で西野がコインロッカーの鍵《かぎ》を取り出したのを見て、それを奪った。

「俺が行ってくるよ。足速いんだ」

嘘だけど。

一は階段をのんびりと降りていった。


猪原は、ゆっくりと遠ざかっていく一の背中を見つめた。

足が速いなんて見え透いた嘘をついた上、ちっとも急いでいない。

それでも文句を言う気になれないのは、彼にほだされているからだろうか。

その後ろ姿がすっかり見えなくなったころ、西野がさりげなくたずねてきた。

「猪原さんは、町田くんのことが好き?」

「え、なんで、いや、好きなんて、そんな……」

口がうまく回らない。

こちらの動揺《どうよう》なんかとっくにお見通しのようで、西野は軽く受け流してくれた。歩道橋から車を見下ろしながら、彼は言う。

「俺は好きだなー、町田くん。もう一回告《コク》っちゃおっかな、まぁでも、最初の手紙はなんかの縁かもしんないしな」

おどけた声には、猪原への気づかいがあふれていた。

私も、きちんと受け止めなきゃいけない。

彼の背中へ向かって丁寧《ていねい》に頭を下げた。

「……あの、お付き合いのことだけど、ごめんなさい」

西野は振り向き、首を振る。

「いや、言わないで。いいんだよ、もう」

「でもちゃんとしたい。私、真剣に考えたから」

「逆に残酷《ざんこく》だけど……、ありがとう」

「どうしてお礼なんか……」

私、断ったのに。

困惑していれば、彼はくすっとほほえみかけてくれる。

どこまでも優しい人なんだと思った。

「俺なんかにちゃんと向き合ってくれた人、今までいなかったから。それだけで前に進めそうな気がする……」

満面の笑みなのに、泣いているみたいに見えるのはなぜだろう。

言いかけた言葉はそのままに、「先に帰るね」と締めくくられた。

彼は足早に駅へ向かっていく。

一人残った猪原は、西野がいた場所に立った。

近づいては消え、消えては近づく車のライトを眺めているうち、どんどん暗くなり、ついにはとっぷりと日が暮れてしまった。花束を取りにいくだけのことに一はいったい何分かけるつもりなのだろう。

ようやく戻ってきたところで、猪原は短く告げた。

「西野くん、帰った」

「そっか」

相づちだけしか返ってこない。

並んで階段を下りながら、こちらから切り出した。

「お付き合いする話は、ちゃんと考えて断った」

一はわずかに険しい表情で唇を結んだ。足が止まっている。

「西野くんの気持ちが一番大切で、猪原さんの気持ちが一番大切だ。なにが言いたいかっていうと……、俺にはよくわからない。ごめん」

階段の少し上の段に立つ彼から花束が渡された。猪原は花ごしに彼を見上げる。

「町田くんは、それでいいよ」

彼はこちらを見て、はっと息をのみこんだ。その頰《ほお》が赤らんで見えるのは、下からの車のライトに照らされているせいだろうか。

「すごく、綺麗《きれい》だ。今まで見たことがないほど綺麗で——。猪原さんがここにいてくれて本当によかった」

なんで？

目頭《めがしら》が熱くなる。

と、彼は急に瞳をまん丸にした。

「え、俺、なに言ってるの」

「わかんないよ。町田くんはわからないことが多すぎる」

猪原は泣き笑いを返した。

ピンクの花の香りをかいだら、甘い想いが胸を満たした。

第四章

不満なんだよ

空が淡いピンク色をしている。プールには満杯の水がたまり、薔薇《ばら》の花びらで紅の斑模《まだら》様ができている。

猪原《いのはら》は小舟に乗り、水面をゆったりと漂っていた。

隣には一《はじめ》が座っている。小舟の横を泳ぐ二羽の鴨《かも》を見つめる瞳がとても優しい。

どこからか甘い旋律が聞こえてきた。心地よさに身体《からだ》から力が抜けていく。自然と互いの肩が触れあった。

あたたかい。彼に身を預けてゆっくりと目を閉ざし――。

「……っ」

なんて夢だ。

がばりと起き上がった猪原は、激しく頭を振る。

ここは炎天下のプール。相変わらず水面はゴミで汚れたままだ。

最近、おかしい。気づけば一の姿を目で追っている。

夢にまで見ちゃうなんて。どうしよう。

「……ダメだ。私もうダメかもよ……、町田《まちだ》くん」

情けない顔を両手で覆《おお》ってプールサイドへ突っ伏した。

そんな猪原を、プールを囲う柵《さく》の隙間《すきま》から見ている人物がいる。

栄《さかえ》だ。

ぎゅっと眉根を寄せてしみじみとつぶやいた。

「町田、早くなんとかしてやれ。普通の恋愛ドラマならとっくに結婚までいってるぞ」


その日、氷室《ひむろ》は機嫌が悪かった。

前日の夜の仕事中、スタジオで気に入らないことがあったせいである。

『はいはいはい、はい、はい、もっと自然にやって』

極彩色《ごくさいしき》の花を背景にポーズを取る氷室に女性カメラマンの鋭い声が飛ぶ。

氷室は素直に応じ、笑顔を控えめにした。

『そうじゃない』

ポーズを変えてみる。右手を上げると、即座に否定された。

『その手、その手で、違う、そこじゃない、違う、もっと考えて』

手首の角度を変え、首を反対側へ傾けてみる。それでもカメラマンから『オッケー』の一言は引き出せなかった。

深いため息とともにカメラが下ろされる。

『ちょっと、ヤスくんと代わって。ダメだ』

なんでだよ。

全然納得いかない。うまくやれているつもりだったのに。

しかし反論する余地はなく、控えていたモデル仲間が割り込んできた。氷室を押しのけ中央に立つ。

『ゴメンねー、仕切り直し、行くよー』

再びフラッシュが明滅する。シャッター音が幾度もスタジオに響いた。

『はい、いいよ、オッケー、チョー画《え》になる』

氷室はその後、出番をもらえなかった。

だから、翌日学校に来ても口をへの字に結んだままだった。

昼休みになって、長い髪をかわいらしく巻いた女子生徒が教室へやってきた。イマカノのさくらである。彼女は甘えた声で氷室を校庭へ連れ出した。

とにかく面倒くさかった。

校庭へ着くなり彼女は言った。

「どうしてずっと既読スルーなの」

こちらをにらんでくる目はうっすらと濡れている。

白々しい。どうせ嘘泣きだろ。

「仕事が終わったらレスくれるって言ったじゃん。この前もそうだし。なんでもっとかまってくんないの？」

畳《たた》みかけてくるうち、わめき声は涙混じりになった。ヒートアップしていくさくらとは正反対に、氷室はどんどん冷めていく。

「もう無理。別れよ」

なんの感慨《かんがい》もわいてこない。あっさりと受け入れる。

「ま、ちょうど良かったわ。俺も撮影とかで忙しいし」

じゃ、と右手でポーズを決めて、彼女へ背を向けた。

一を探していた猪原は、氷室たちの修羅場《しゅらば》に遭遇《そうぐう》した。

出ていくにいけなくなり、植え込みの陰へ隠れる。

だが、二人の話し合いは思っていたよりも早く終わった。氷室が泣いているさくらをあっさりと置いていってしまったのだ。さくらは紫陽花《あじさい》の咲く花壇《かだん》に座り込んで両手で顔を覆っている。

これは、ますます出ていきづらい。

回り道をすればいいと思い至ったとき、すでに通り過ぎていったはずの一が戻ってきた。

彼は迷いのない足取りで泣いているさくらへ近づき、手にしていたミルクティーを横へ置いた。そして、あろうことか彼女の頭を撫《な》でた。

「！」

驚いて顔を上げたさくらの視線には気づかず、遠ざかっていく。彼女の腫《は》れた目は見えなくなるまで一を追っていた。

町田くんって……。

もどかしさと苛立《いらだ》ちで胸がむかむかする。そんな心の中を透かしたように、隣から声がした。

「あの野郎、とんでもないな」

いつの間にか栄が立っている。彼女はしらけた目で続けた。

「全人類を自分の家族だと思ってる」

家族。みんな一緒。

なに、これ。

栓《せん》の抜けたバスタブのごとく、心を満たしていたなにかがどっと流れだしてしまう。

『猪原さんは大切な人だよ』

なんて無意味なセリフだったんだろう。

町田くんにとって『大切な人』って、なんなの。


猪原は川べりを歩きながら、六年前を思い出していた。

『大切な友人の一人です。やましい関係ではありません』

テレビ画面の中、憔悴《しょうすい》した母の顔が明滅するフラッシュに照らし出される。

画面の右端には、『23timesキャスター　猪原聖子《せいこ》　不倫《ふりん》発覚で番組降板』というテロップが掲げられている。

「お母さん……」

つぶやいてその場に座り込む。

あの日と似ている。

膝を抱えて身体を小さくする。

このまま消えてしまいたい。なにも考えないで済むから。

どれだけそうしていたか——、隣に誰かの気配を感じた。

……まさか。

振り向けば、いつもと変わらない表情をした一がいる。そして、猪原の横にはさりげなくミルクティーが置かれていた。

さくらと同じ。

頭にかっと血が上る。

「ちょっと待って。なにこれ」

「元気がなさそうだったから」

まったく悪気のない態度にかえって神経を逆撫《さかな》でられる。

「いらない」

「じゃあほかのを買ってくる」

すげなく断ったというのに、彼は気にせず走りだそうとした。

焦れて声が大きくなる。

「そうじゃないって！　ねぇ、どうしてそんなに誰に対しても親切なの」

「え」

「自分のことは後回しで、誰かのために生きてるみたい」

思ってもみなかったとばかりに一は口をぽかんと開いた。

「……みんな、そうじゃないの？」

呆《あき》れてため息が出てしまう。

「町田くんといると、自分がダメ人間に思えてくる」

「いや、ダメなのは俺のほうだよ」

すかさず答えた一は、遠い目をしていた。

「猪原さんには本当のことを言う。俺、小さいころ井戸に落ちて、頭を打って、それで死んだんだ」

「は？」

いぶかる猪原にかまわず、彼はつらつらと語り出す。

――それは十年前。

当時六歳の一は枯れ井戸に落ちてしまった。

「死んだと思ったけど生きてた。いや、生き返ったのかも」

ふと意識を取り戻したときには、救急隊員に抱えられていた。『頑張れ！』という声が空から降ってきて、頭を上げる。

小さな丸い光の向こうに母や近所の人たちの笑顔が見えた。

まぶしかった。

大地に降ろされた瞬間、苦しいほど母に抱きしめられた。たくさんの手が髪を撫でてくれた。そこにいた人たちはみんな、目の当《ま》たりにした奇跡にはしゃいでいた――。

「たぶんそれが原因で、俺はなにをやってもダメな人間になっちゃった。でもあのとき、たしかに人の温かさを感じられた……」

珍しく一がうつむいている。

猪原もつられてうなだれた。鼻の奥がつんとしみる。

しかし、振り切るように顔を上げた一は、こちらへ手を伸ばしてきた。

「そんな話はいいんだよ。お願いだから元気出して」

ぽんぽん、と大きな手に頭を撫でられる。

「……っ！」

不意打ちすぎる。顔をぐちゃぐちゃにして抗議した。

「ちょっと！　そういうことしないでよ！」

「え、どうして」

「どうしてって、そういうことは、好きな子にしかやっちゃいけないの！」

「そうなの？」

どこまでもびっくりしている顔が憎らしい。

「そりゃそうでしょうが！　なんでそんなこともわかんないのよ」

地団太《じだんだ》を踏んでにらみつける。

「元気出して？　誰のせいでこうなってると思ってんの、阿呆《あほう》！」

こんなに言っても、全然伝わらない。

彼はすがるような目でたずねてきた。

「ちょっと待って。好きな子って、なに？　好きってどういうこと？」

知るか。

「もう一回井戸に落ちろ！」

あらん限りの声で叫んで、川べりを後にした。

一は虚無におそわれたまま帰宅した。

日課になっている夕飯づくりは、ちっともはかどらない。

「いい匂《にお》い」

ニコがエプロンを掛けながらキッチンへ入ってくる。一はポトフに胡椒《こしょう》を振りながら訊いてみた。

「ニコは、男の人に頭を撫でられたらどう思う?」

「え? なんで」

あからさまに身を引く妹を見て、あれ、と思う。

「普通のことだよね」

「普通なわけないでしょ」

即座に反論される。

ふと食卓のほうへ目をやれば、勉強していた弟妹たちもこちらを見ていた。しょっぱい顔で首を横へ振っている。

違う——のか。

「っていうかやめてよね、そんな話」

ニコはつけたばかりのエプロンを外してそそくさとキッチンを出ていってしまう。よほど嫌だったらしい。

「そっか、たしかに、ニコが男の人に頭を撫でられてたら、お兄ちゃん的にはすごく複雑な気持ちになると思う……」

一は呆然《ぼうぜん》として胡椒をふり続けた。


翌日の昼休み、猪原はチャイムと同時に教室を出ていく一の姿を見つけ、なんとなく嫌な予感がした。

後を追ってみれば、彼は中庭へ向かうようだ。

ベンチに座っている女子生徒の姿を見つけて、やっぱり！　と得心する。さくらだ。

彼女は立ち上がり、一に手を振った。女子力全開のアヒル口をしている。

「ジャン、センパイにどうしても食べてほしくて。どうですか？　これ玉子も、ハート形にしたの」

上目遣いで色とりどりのおかずが詰まった弁当を差しだす。

不器用な一にとっては、ハート型の玉子焼きやたこ型ウインナーや芸術的にカットされたフルーツは尊敬に値する。視線はすっかり弁当に釘付けとなっていた。

あっさり陥落しすぎだ。

胸がもやもやして二人に背を向けると、そこには栄が立っていた。

爪を噛《か》んでいる。

「ちきしょうめ。普通の恋愛ドラマなら、とっくに子どもが二人ぐらいはできてる」

そんなドラマは見たことない。

栄と並び、二人の様子をうかがった。

一はともかく、さくらは猪原たちの存在に気づいている気がしてならない。いかにもな女子力の高さの持ち主だ。こちらも女の勘で彼女のしたたかさを察してしまう。

あくまで私たちをシカトするわけね。

いや、逆に見せつけている？

フォークに差したウインナーが一の口もとへ差し出された。

「あーん」

思わず手に汗を握る。

栄のつぶやきはうわごとめいていた。

「町田、ダメだ。ダメだぞ……ダメだダメだ、ダメだダメだぞ」

しかし、一は躊躇《ちゅうちょ》せずパクッと食べてしまう。

「おふっ……、はぁ、マジか……」

額へ手を当てて天を仰《あお》ぐ栄の隣で、猪原は凍りついていた。

「どう？　おいしい？」

「うん、すごく」

どこの新婚夫婦かと突っ込みたくなる会話が繰り広げられる。

胸に巣食うもやもやはいっそうどす黒くなって胸を重くした。

はしゃいださくらの声が追い打ちをかけてくる。

「ほんと？　じゃあ、いい子いい子して」

「……！」

一の手が持ち上がる。

しかし、さくらの柔らかそうな前髪に触れるか触れないかのところで、ぴたりと止まった。

彼は引き戻した手をまじまじと見つめている。

無表情すぎてなにを考えているのかわからない。さくらは思い通りにならない一に唇を尖らせている。

猪原は落ち着きなく歩き回りながら、髪をぐちゃぐちゃにかき混ぜた。

「かなりキテるな」

栄が心配そうにのぞき込んでくる。

「ごめん、頭の中どうにかなっちゃいそう」

「そいつぁ結構なこった。わかったような面《つら》して恋愛してるやつよりよっぽど好感が持てる」

好感……？

立ち止まって栄を見つめた。彼女は花壇《かだん》のブロックに座れと促してくる。そっと隣へ腰掛けた。

「どいつもこいつも知ったかぶってよ。特に大人な。誰も恋のことなんて理解できてねーくせに」

いつになく熱く語り出した栄に目をみはる。

彼女はこちらを見返し、クリアな声で言った。

「その点お前さんの母ちゃんの不倫《ふりん》は、損得なしの恋だったんだろ」

「……それ、面と向かってイジられたの、初めて」

ダイレクトな言葉はいっそ小気味いい。

思わず唇が緩《ゆる》んだ。

「おっとっと、すまねぇ」

目尻を下げた栄は、紙袋からサンドイッチを取り出し、手渡してくる。

「全然意味わかんないよね、不倫とか」

誰に言うでもなく、猪原はつぶやいた。


そのとき、校舎の二階からにぎやかな声が聞こえてきた。

「もうすぐ氷室くんのバースディだぜぃ」

きゃーっと女子の歓声が響きわたる。

猪原が見上げれば、女子生徒がベランダに押し掛け、人だかりができている。押すな押すなの大騒ぎだ。

その中心には氷室がいる。ピースサインを天へ向けたり、振り向きざまにウインクしたり、ポージングするたびに黄色い悲鳴が上がる。

氷室の近くにはくじ引きの箱を掲げた男子を含め、数人がおどけつつ列整理をしている。

「静かに静かに！　氷室くんにプレゼントを渡したければ、このくじを引くんだー！」

栄が呆《あき》れた声を出した。

「おいおいおい。くじ引きに当たらないとプレゼントあげることすらできないってか。世《せ》知辛《ちがら》い世の中だねぇ」

二階の騒ぎを打ち消すように、背後から大げさすぎるほど甘えた声をさくらが上げる。

「センパイっ。玉子、あ〜ん」

「……っ！」

振り返れば、さくらが玉子焼きを一へ押しつけていた。

彼女はなぜかむきになっている。対する一はなんとも言えない目で彼女を見ていた。

と、一の視線が校庭へ逸《そ》れた。猪原もそれを追う。

校庭にある体育倉庫へ向かうバレー部の一団がいた。石にでも引っかかったのか、どうやら籠《かご》ごとぶちまけてしまったらしい。あちこちへ転がっていくボールを見て、一は走っていく。ビブスをつけた男子生徒と一緒にボールを拾い始めた。

「ごめん！　町田くん、ありがとう」

申し訳なさそうに謝るバレー部員に、一は正面から向き合う。

「鈴木《すずき》くん、レギュラーになったみたいだね」

「なんで知ってるの」

「おめでとう。今まですごく努力してたもんね」

「あ、ありがとう。え、いつ見てたの？」

がしゃん、とさくらが弁当箱をベンチに置いた。猪原たちの方を振り向いた彼女の目は般若《はんにゃ》のごとくつり上がっている。

一の前で見せていたかわいらしい仕草はどこへやら。スカートがめくれるのもかまわず、ずかずかと大股《おおまた》でこちらへやってきた。

やはり見られているのを知った上で、べたべたに甘えた態度をとっていたというわけだ。あそこまで女子の目を気にせずブリっ子できるとは、一周まわって清々しいんじゃないか。鉄のハートが見え隠れする。

「なんで？　町田センパイ、全然ドキッてくんないんだけど。どういうこと、男っすか？つーか人間？」

栄が面白そうに含み笑いを漏《も》らした。

「ついに尻尾《しっぽ》を出したな。つーかあたしらがずっとここにいたこと、お前気づいてただろ。マジ恐ろしいな」

「そうすか」

さくらは挑戦的なまなざしを向けてきた。

「猪原さん。あたし町田センパイに告白します。悪く思わないでくださいね」

なぜだか、唇がふるえた。右足もふるえてくる。

「別に私は、関係ないし、好きにしてよ」

ようやく声を絞《しぼ》り出したものの、ふるえは一向に治まる気配を見せなかった。


なんだこれ、なんだこれ。

夜になっても猪原の足のふるえは止まらない。

自分のおかしさを自覚しつつ、郊外の坂を上った。この先の高台には、一の家がある。

庭木が綺麗《きれい》に整えられた一軒家にたどり着いた。幼い笑い声が漏れ聞こえてくる。カーテンの隙間《すきま》から、ちゃぶ台の周りを走り回る子どもたちの姿が見えた。

足がふるえすぎて、視界まで揺れる。

くそっ、なんなんだよ。

家の門につかまり、無意識のうちに歯ぎしりをしていた。

「猪原さん」

驚いた声がする。

振り向けば、レジ袋を提げた一が立っていた。メガネごしでも瞳が丸く見開かれているのがわかる。

「町田……。じゃなくて町田くん、遅かったね」

髪を撫《な》でつけながらの言葉はひどくそっけなくなる。

彼は無言で立ち尽くしている。

なんとか言ったらどうなの。憎々しく問いかける。

「で、なに」

対する一は首を傾《かし》げた。

「え。なに?」

全く伝わっていない。

もう一回語調を強めてたずねる。

「なに?」

やはりぱちくりと目をしばたたくだけで、たいした反応が返ってこない。

「逆になに? え、猪原さん、ここでなにしてたの。会えたことはすごく嬉しいんだけど」

なんでそんなに普通なんだよ。

自分がなにに苛《いら》ついているのかさえ、だんだん混乱してきた。

「嬉しい？　はぁ、もう、私まったくワケがわからなくなって参りました。いやあのさ、いいんだよ別に、いいんだけどさ、なに、今日、なにが、どうなったの。説明お願いします」

さくらの甲高《かんだか》い声が頭の中できんきんと響く。

『あたし町田センパイに告白します』

気分が悪い。

なのにこちらの気持ちも知らず、彼は透明な瞳をして言い切った。

「今日？　……特になにも」

あまりにいつも通りな態度だ。脳味噌が沸騰《ふっとう》する。

「はぁ？　あぁそう、なるほどしらばっくれる感じですか。で？　これから私たち、どうなっていく感じですか」

「どういうこと？」

すでに平常心とはお別れした。もはや白目をむくレベルで腹が立っている。猪原はなんにも知らずのんきに首を傾げている一に詰め寄った。

「もー頼むよ、町田。はっきりしてくれよ。私もう頭がどうかしそうなんだから。いや昔からだけどさぁ、今もうマックスにヤバイんだから〜、もぉ〜」

「つまり？」

まだわかっていない。苛々しすぎて声が裏返る。

「つまりぃ？　不満なんだよ。町田くんに不満なの」

「え」

一の肩へわざとぶつかるようにしてすれ違った。最後に暗い声で別れを告げる。

「おやすみなっさーい」

彼は追いかけてきてはくれなかった。

今夜はやけ食いだ。

帰りにコンビニへ寄って牛カルビ弁当とチキンカツ丼とロースカツカレーとから揚げ棒とシュークリームを買って帰ろう。決めた。

あれはなんだったんだろう。なにを言いに来たんだろう。

一の頭の中はぐるぐる回っていた。

気もそぞろにハンバーグのネタをこね、フライパンへ落とす。

不満。猪原さんは俺に不満があるって言ってた。

なにがダメだった?

気づかないうちに、彼女を傷つけるようなことをしたのだろうか。

わからない。前にも頭を撫でてしまって怒られた。俺は圧倒的にそういうところが足りない。

「お兄ちゃん、変な臭《にお》いがするよ」

鼻をひくつかせたミツオがやってきた。しおりも目をしぱしぱさせている。

「真っ黒な煙出てるー」

「……!」

フライパンの中でハンバーグは石のように固くなって燃えていた——。

「……大丈夫! 要は焦げに包まれた肉、焦げを剥《は》いじゃえばいいだけのこと」

励《はげ》ますような母の声で食事が始まった。

「中はおいしいよ」

「ほんとだ」

家族はみんな明るく励ましてくれる。

だけど、どうしてだろう。

なぜかたったひとり、切り離された世界にいるような心地がする。

もそもそと口を動かし、焦げたハンバーグを喉《のど》へ詰め込んだ。

＊＊＊　　＊＊＊

深夜、吉高《よしたか》は物陰から高層マンションのエントランスをうかがっていた。

タクシーから酔った様子の男女二人連れが降りてくる。

女優の南《みなみ》玲香《れいか》、三十五歳。清楚《せいそ》系といえば誰もが思い浮かべる女性の代表格だ。

ねらい通りの事態に胸が高揚《こうよう》する。

大きなストロボを立てたカメラを向け、あえてフラッシュをたいて何度もシャッターを切る。手をつないでマンションに入っていく姿をしっかりと収めた。

彼女たちはあわてて駆けだした。

逃がしてなるものか。

二人の前へ躍り出た。

「どうも、私、『芸能チェイス』の記者ですけど」

南はスカーフで顔を隠す。そんなの今さらだ。下卑《げび》た笑みを向けた。

「写真撮っちゃいました。ちなみにお二人はどういうご関係ですか」


吉高は人々が寝静まった安アパートに帰宅した。高ぶる気持ちが抑えきれず、足音が大きくなる。

リビングと襖《ふすま》で仕切られた狭い和室でノートパソコンを開き、撮ったばかりのスクープ写真を確認していく。

「あーあ、どうしようもねぇな、本当に、クソだ、クソ」

キーボードをタップする音は半開きの襖からリビングの方まで響いた。

妻の葵《あおい》が寝室からリビングへやってきた。パジャマ姿で肩までの髪は寝乱れ、眠そうに目をこすっている。

「お帰り。悠人《ゆうと》さっきもう寝ちゃったよ」

振り返らず、画面にかじり付いたまま声をうわずらせた。

「久々にやったぞ。女優の南玲香、不倫《ふりん》。あんな清純ぶって実はクソ。これで俺もしばらく安泰だな」

リビングの椅子《いす》を引く音が冷たく響く。

「あのさ。なにがそんなに楽しいんだっけ」

妻の言葉に、すっと血の気が引いていく。葵は頬杖《ほおづえ》をつき、ひどく冷めた目でこちらを見ていた。

「転職したら」

「は？」

「洋《よう》ちゃんもともと文芸目指してたんだから。こんな仕事、いつまでも続けてらんないでしょ」

「こんな仕事……」

嚙《か》みしめた歯の間から絞《しぼ》り出すようにつぶやいた。

ふらりと立ち上がって寝室のドアを開ける。五歳になった息子が無垢《むく》な顔をして眠っていた。

は、とついた息がふるえている。

「悪いのは俺じゃないだろうが。どうしようもない連中がいるから、俺らはそれを記事にする……」

誰に対して言い訳しているのか。

冷え切った指先をぎゅっと握りしめた。

第五章

ここにいていいよ

今日一日、猪原《いのはら》は一《はじめ》と会話もしなければ、目も合わせなかった。

もんもんとした気持ちでリュックを背負った。廊下《ろうか》へ出たところで、目の前に男が立ちふさがる。

氷室《ひむろ》。

さくらのモトカレだ。イケメンだが、誕生日プレゼントを受け取ることさえくじ引きで決める勘違い男。

彼は壁に右手をつき、左手は腰へ、まるで世界史の資料集に載っている石膏《せっこう》の塑像《そぞう》のごとく作られたポーズをしている。

嫌悪で背筋がぞわっとした。

「俺と付き合ってよ」

「え？」

まさか私のこと?

思わず辺りを見回してしまう。

ほかに生徒はいない。つまり、自分に言っているのだ。

「だから、今日付き合ってよ。このあいだの埋め合わせってことで。彼女にドタキャンされちゃってさ」

両手で拝みながら茶目っ気たっぷりにウインクしてくる。

格好つけられたところで、こちらの心はますます冷えるだけである。

なにがドタキャンだ。

「別れたんじゃないの」

あんなにあっさりとさくらへ背を向けていたではないか。

しかし、まったく悪びれない。

「あぁ、さくらのこと?　いやいや、アレもう彼女じゃないし。新しい女」

数日前に別れてもう次がいるとは呆《あき》れる。

「最低だ」

目を合わすのも嫌になり、廊下を大きく迂回《うかい》した。

氷室はめげずに追いかけてくる。足が長いせいですぐ距離を詰められてしまう。どころか、先回りして再び壁に右手をついた。

「きっつー。そんなこと言われたの生まれて初めてなんだけど」

嘘ばっかり。きついだなんてちっとも思っていないくせに。

「よっぽど甘やかされて育ったんだね」

冷たく言い捨ててすれ違う。

彼は一瞬黙ったけれど、すぐに噴き出した。

「てか、俺が最低なら君の親はどうなんの」

頬がこわばる。

あざ笑う声が背中へ襲いかかってきた。

「猪原奈々《なな》ちゃん。調べたら色々出てきてさ。ビビッたよ。母親超有名人じゃん。道理で美人なワケだ」

不穏な空気に胸がどくりと波打った。鼓動は次第に速くなり、息が苦しくなる。

砂浜を歩いているみたいに足が取られてうまく進めない。

「俺は別に最低とか思ってないよ。不倫《ふりん》なんて全然アリだし、犯罪犯したわけじゃねぇしさ」

笑いながら近づいてくる氷室に追い越され、階段の踊り場でとおせんぼをされた。

脳裏《のうり》には今でも忘れられない六年前の光景が浮かぶ。

明滅するフラッシュ。

差し向けられるマイク。

いやらしい笑いを浮かべる記者たち。彼らは走っても走っても追いかけてくる。少女の足では、大人を振りきるなんて不可能だった。

『ねぇ、話聞かせてよ。ちょっとだけでいいから』

最初は媚《こ》びた甘い声だった。それが、逃げているうちに、あたかも猪原が犯罪者であるかのように厳しく追及してくる。

『お母さんがあんなことして、お父さん出ていっちゃったって本当?』

のどの奥に真綿が詰まったみたい。息ができない。

あのころはただ目に涙を溜めて、ひたすら逃げることしかできなかった。

じゃあ、今は?

ふるえる声を絞《しぼ》り出す。

「――消えて」

氷室は最初こそこちらの拒絶を本気にせず、ふざけた態度を取っていた。が、徐々に苛《いら》立《だ》ちを募《つの》らせていく。

「おい、ちょっと待てよ。お前だってこの前はナンパについてきたわけだろ、な」

彼は背を向けた猪原のリュックをぐいっとつかんできた。

嫌だ。

「マジで消えろ」

上体を大きくひねって振り切る。猪原は昇降口と反対方向へ無我夢中で走った。


氷室から逃げた猪原は、いつもは通らない薄暗い外階段へやってきた。手のひらは汗でびっしょり、髪もひどく乱れている。

膝に手をつき息を整えた。すると、上の踊り場からさくらの声がする。

「あたし町田《まちだ》さんのこと好きです。付き合ってください」

え……。

全身に電流が走ったような衝撃を受けた。彼女の口から一に告白すると聞いてはいたが、実際耳にしてみると想像以上に胸が抉《えぐ》られた。

がくがくする足で階段を上り、姿を確認する。

こちらに背を向けた一と、向かい合うさくらが見えた。さくらは、女子が百人いたら全員一致で『あざとい』と評するだろう笑顔を浮かべている。

たとえ彼女のことが好きではなくても……、告白された『町田くん』は優しいから付き合ってしまうのかもしれない。

——もうこれ以上見ていたくない。

だけど、この場を離れたら二人の関係をあっさりと認めるようで、それもできない。

どうするの？

固唾《かたず》をのんで待つ。

「でも、氷室くんのことは？」

背筋をぴんとのばした一は、猪原の予想とは違うことを言った。

「ほんとはさくらさん、彼とヨリを戻したいんじゃないの？」

「えっ、違……」

「わかるよ」

動揺《どうよう》して踊り場をうろつきはじめたさくらに、なおも一はずばずば核心をついていく。

「だって君は、失恋したてであんなに泣いていた」

「う……っ」

さくらは笑った。だけど、猪原には泣いているふうにしか見えなかった。一にもきっと、ずっと前からそう見えていたんだろう。

「ごめんなさい。辛《つら》すぎて、なんか、町田さんに意味わかんないこと言っちゃいました。好きってなんですかね」

顔を背けたさくらの視線の先には薄暗い校庭が広がる。彼女の声はどんどんか細くなっていった。

「氷室くん、あたしだけを見てくれなくて……。料理も覚えたし、いっぱい努力したんだけど。やっぱり変わらなくて。私、ほんとしょうもない人間だ」

助けて。

そんな悲鳴が聞こえてきそうだった。

いつしか猪原まで彼女に同調して胸が締め付けられていた。

過去の傷がもたらす痛みに耐えていたというのに、さらに苦しさが増す。

重く沈んでいく空気をものともせず、一は言った。

「違う。さくらさんは大切な人だよ」

――大切な人。

また?

誰にも彼にも一は大きな想いをためらいもなくぶつける。

突飛《とっぴ》すぎるセリフはかつて猪原をひどく動揺させた。

でも、今言われたのは私じゃない。

当事者のさくらはさくらで理解ができなかったらしく、きょとんとしている。

「なんで？」

「なんでって、そうじゃない理由がひとつもない」

相手の戸惑いなんかまったく意に介さず、一はポケットからチェックのハンカチを取り出した。

いつの間にかさくらの目からは滂沱《ぼうだ》のごとく涙があふれている。本人さえ気づいていないようだった。

綺麗《きれい》な涙だ。

さくらは曇天《どんてん》を仰《あお》ぎ、清々しい声を出す。

「……あたしほんと町田さんのこと好きだな」

痛いほど、わかる。

猪原は静かにその場を後にした。

やがて雨がぽつぽつと降りだした。

猪原は傘も差さずに川べりの土手へ腰をかけた。雨粒の波紋が広がる川には二羽の鴨《かも》が泳いでいる。こんな天気でも二羽は嬉しそうだ。

リュックを広げ、英語の書類を取り出した。

留学の申請用紙。何度も何度も手にしているせいで変な折り皺《じわ》がついている。

熟読するでもなしに、ぼんやりと眺めた。表面に小さな水玉模様が広がっていく。湿った前髪からも滴《しずく》が垂れて、ついに一面が雨色に染まった。

ふっと手もとに影が落ちる。

見上げれば、紺《こん》色の折りたたみ傘が頭上へ差し向けられていた。

「晴れより雨が好き?」

また、一に見つかってしまった。

猪原は立ち上がり、傘をかわす。

「話しかけないで。女ったらし」

距離を置いて座る。

そっけなくしたにもかかわらず、一は隣へ寄り添ってきた。一緒に濡れるつもりなのか、折りたたみ傘を閉ざす。

二人のあいだに落ちた沈黙が耐えきれなくなり、口を開いた。

「ごめん」

「なんで謝るの？」

「さっきの話、全部聞いてた」

「え」

大切な人っていうのは――、なんなのか。ちゃんと訊いてみたい。

「町田くん、好きって感情は、わかるわけ？」

「ん？　うん。家族、とか」

想定内の答えが返ってきた。今さらそこで怖《お》じ気《け》づいたりしない。

「じゃあその先、恋ってものは？」

畳《たた》みかけると、彼はしばらく考えて小さく首を傾《かし》げた。

「猪原さんはわかるの？」

「わからないけど、わかるよ。町田くんは？」

語調を強めて再び問いかければ、うつむいてしまう。

家族や友人だけにとどまらず、顔も知らない通りすがりの人も含めて全人類を想う大きな愛を持っているのに。

たったひとりのことだけで頭がいっぱいいっぱいになってしまう恋は、わからないんだね。

ああ、これが『町田くん』なんだな。

わかった。

勢いよく天に拳をつき上げた。

「もういい、好き！」

吹っ切れた猪原の叫びに、一はびくっと肩を揺らした。初めて見る顔をしている。少しはびっくりさせられたのかもしれない。

そう思ったら背中がくすぐったくなってきて、

「あ、雨ね。雨だと、家に閉じこもってても許されるから」

早口で付け加えた。

雨は外に出なくていい理由になる。

母親のスキャンダルで記者に追いかけられていたころ——、雨に閉ざされた部屋の中は自分が一番安心できる場所だった。

「ここにいていいよって、言ってくれてる気がするんだ」

あの日と同じく膝を抱えて小さくなる。

違うのは、すぐ近くから私を見つめる二つの瞳があること。

雨足が強まってきた。濡れた髪が重くなってくる。

「わかった」

穏やかな声。傘を開く音。

雨が止んだ。大きな傘にすっぽりと包まれていた。


「ここにいていいよ。雨は、俺がなんとかするから」


一の声と重なって、ざーっと激しい雨が傘を叩く。ちっとも濡れない。寒くない。

「ふ……」

涙の膜《まく》が盛り上がった。

傘を差したら、涙を雨だよって言ってごまかせないじゃない。

「頼むよ、町田くん。頼む」

「わかった」

ロボットのごとく繰り返す一。

どうしようもなく切ないのに、口もとが緩《ゆる》んでしまう。

「なにがわかったのよ」

猪原はすっかり濡れてしまった書類を丸めてリュックにしまった。

泣き笑いで立ち上がり、伸びをする。雨足が弱まった気がした。

すかさず一が傘を差し掛けてきたから、また一歩踏み出して傘から出る。傘に入れられる。

逃げる。

追う。

いつの間にか小雨になって、そのうち明るくなってきて——、ほとんど雨は止んでいた。

二人は土手の上に立った。猪原はスポットライトのように二人を照らす薄日へ手をかざす。

隣に立つ一はメガネを外してハンカチで拭いていた。

初めて見るメガネのない横顔。

思わず手を伸ばしていた。メガネに触れる。冷たい無機物のはずが、なぜか指先にぬくもりを感じた。

「ねぇ、町田くんにはなにが見えてるの？」

奪ったメガネをかけてみる。海の底から空を見上げたときみたいに視界がぼやけた。

これがいつも『町田くん』の見ている世界。

メガネを通すと、世界は少しその見せ方を変えた。

「なにも見えない。距離感がつかめない」

手を伸ばして揺らぐ光をさわろうとする。光はするりと逃げてしまう。

「俺もだ」

裸眼の一も同じく手を伸ばした。水中でもがくように二人は手をさまよわせる。

「……っ！」

ぎゅっと指先がつかまれた。触れあったのはほんの先端だけなのに、心臓を鷲掴《わしづか》みにされた気がした。

頬《ほお》が急激に熱を持つ。あわてて手を振り切った。

二人分の体温で熱くなった手を胸へ当てる。ちらりと隣をうかがえば、一は焦点の定まらない目で自分の手を見ていた。

猪原はメガネを外して、おそるおそる返してあげる。

メガネをかけた一は、しっかりとこちらを見返してきた。

＊＊＊　＊＊＊

バスに揺られる吉高《よしたか》は、曇ったガラスに垂れる水滴を眺めていた。
薄日が射してきたようだ。窓を手で拭《ぬぐ》って外を見てみる。
「……あれは」
冴えないメガネでキリストな『町田くん』だ。ずいぶんな美少女と一緒にいる。
幸せ者だな、町田くん。
美少女は彼と一緒にいるだけで幸せといった顔をしている。
そうだ。葵《あおい》も付き合い始めのころ、あの子みたいにロングヘアーで。
いつも目をきらきら輝かせていた。
くったくのない笑みを見せなくなったのはいつからだろう。
バスが停車する。物思いに耽《ふけ》っていたため、立ち上がるのが遅れてしまった。
あわてて降りようとしたせいか、青年と軽くぶつかる。
「あ、すみません」
ずりおちた一眼レフを肩にかけ直しながら謝った。青年は舌打ちをし、眼光鋭くにらみつけてきた。

なぜ人は人に悪意を向けるんだろう。

なぜ——思いやりを持てないんだろう。

吉高は首をすくめてバスを降りた。

＊＊＊　　＊＊＊

翌日の授業中、一はふと気になって窓際の後ろの席を振り向いた。

「っ」

猪原がこちらを見ている。彼女は目が合うと、さっと頬を紅潮させた。すぐにノートへ視線を戻してしまう。

たったそれだけのことなのに、体温が上がった気がした。

背中がむずがゆい。

黒板の方へ向き直っても、後頭部がひりひりした。

昼休み、一の足は自然とプールへ向かっていた。

人影を見つけて心が弾む。

しかし、近づいてみると猪原ではなく氷室だった。すっと世界が色を失ったような錯覚《さっかく》に陥《おちい》る。

こちらを見た氷室は立ち上がった。両手をポケットにつっこんで話し始める。

「町田くんだよね。あのさぁ、猪原奈々ちゃんと付き合いたいんだけど、協力してくんない？」

耳を疑った。なぜ彼女の名が出てくるのだろう。

「さくらさんとは？」

「あいつとはもう終わってるから。俺、フラれたんだよ」

ずいぶんあっさりとしている。未練なんかみじんもないとばかりに。

「猪原さんのこと、好きなの？」

たずねる一の声はなぜか低くなった。

「好きっていうか本能？　逃げられたら追いかけたくなるっていう。その辺のモデルより美人だし、血統書付きじゃん。俺の女はやっぱあのくらいじゃないと」

彼はへらへらと笑っている。

「そんな気持ちなら、俺にできることはなにもない」

「は？」

「前にも言ったよね。猪原さんは大切な人だから」

彼女にいい加減な気持ちで近づかないでほしい。

猪原さんは、大切な女の子なんだ──。

「あっそ。じゃあいいや」

つまらなそうに顔をしかめる氷室を見て、一は我に返った。いつの間にか拳を強く握りしめていて、手のひらには爪の痕がついている。

なに熱くなってるんだ、俺は。

きちんと話を聞かないうちに、上辺だけで氷室がいい加減なやつだと決めつけた。猪原を好きだっていう彼の気持ちを無視した。

背を向けていた氷室をあわてて呼び止める。

「でもちょっと待って。もし誠実な想いがあるなら、応援したい」

「え、なんで」

彼は目を丸くして振り返った。こちらを見ていきなり噴き出す。

どんな顔をしていたのだろう。自分ではわからない。

「ダイジョーブ、俺、セージツセージツ」

言葉とは裏腹、軽い口調で一の肩へ手を回してきた。


なぜか上機嫌で去っていった氷室を見送ったあと、一はしばらく動けなかった。足もとを二羽の鴨《かも》がよちよちと歩いていき、次々とプールへ飛び込んだ。仲よく泳ぐ姿をぼんやりと眺める。

「あの鴨、最近いつもいるよね」

背後から声をかけられた。猪原だった。

なぜかほっとして飛び込み台に座り込む。

二羽の鴨は水面に映った一の影の周りをゆったりと旋回している。あまり気にしてはいなかったが、言われてみればこうして何度か姿を見かけていた。

「うん。鴨のカップルだよ」

一が言うと、猪原は軽い足取りですぐそばまでやってきた。くすりと笑って靴《くつ》と靴下を脱ぐ。

そんな彼女の一挙手一投足《いっきょしゅいっとうそく》を注視してしまう。

「カップル。そういう言葉は知ってるの」

「うん知ってる」

彼女は隣の飛び込み台に一と向かい合って腰を掛けた。そして、菓子パンの袋をひらひらして見せる。

そういえば昼ご飯をまだ食べていなかった。

調理パンを出して一緒に食べることにした。二人の間に落ちる沈黙はいつもならとても心地いいものだ。だけど、今日は落ち着かなかった。早食いしてみたり、落ちたパンくずを鴨へやったりしてみたが、それでも間が持たない。

だめだ。やっぱり言葉にしてみよう。

思い切って口を開いた。

「猪原さん、カップルになりたい人いる?」

ごほっとむせて彼女はプールサイドに立つ。

「なんでそんなこと訊くの? バカなの?」

檻《おり》に入れられた虎のようにうろうろと同じ場所を歩き回った。

まずいことを訊いただろうか。

俺はまた、なにか間違っているのかもしれない。

誰彼かまわず頭を撫《な》でてはいけないみたいに。

猪原は飛び込み台の上に乗った。考えながらゆっくりと言葉を紡《つむ》ぐ。

「……仮にいたとしてもだよ、好きになった人が、自分を好きになってくれるわけないでしょ。それってもう奇跡みたいなもんだから」

「奇跡」

思わず彼女の言葉を繰り返す。

「だから私はそういうの信じないようにしてる。相手が相手だし」

「相手……」

「とは言え、とは言えだよ。来月これ行かない？」

自嘲《じちょう》の笑みを浮かべてプールサイドへ飛び降りたかと思えば、彼女は声を明るく改めた。チラシを差し出される。『七夕《たなばた》祭り』と書かれていた。七月第二週の金曜日に近所の神社で行われるらしい。

「いいよ」

承諾《しょうだく》すると、彼女は花がほころぶように笑った。

「久しぶりに短冊《たんざく》でも書いてみよっかなぁ」

つられて自分の頬も緩《ゆる》むのを感じた。

まぶしい猪原さんの笑顔。目が離せない。

胸があたたかい。鼓動が弾む。

「すごく嬉しいんだよ」

想いが言葉になってあふれる。

「猪原さん、最近よく笑うようになったから」

「え、そう？　そんなことないけど、やめてよ……」

せっかくの笑顔がチラシで隠されてしまう。もっと見ていたかったのに。


その日の放課後、氷室は足早に昇降口へ向かっていた。

なんだか気分がむしゃくしゃする。

雑誌の撮影を控えて気が高ぶっているせいなのか、それとも昼休みに一と会話したせいなのかはわからない。

つきつめて考えるのはやめた。くだらない。

「氷室くん、話があるの」

下駄箱《げたばこ》の前にさくらが立っていた。思いつめた顔をしている。

マジでめんどくせぇ。

かといって、振り切って帰る労力も惜しい。彼女に誘われるまま外へ出て、人目を避けた校舎の陰へ行く。

さくらは綺麗《きれい》に包装された四角い箱を渡してきた。誕生日プレゼントらしい。

「あたし、自分の気持ちに向き合ってみたの。うん、やっぱりまだ氷室くんのことが好き。もしできればだけど、今度の七夕祭り、一緒に……」

「撮影で忙しい」

ばっさりと切り捨てた。好きだのなんだの、嬉しくもなんともない。

時間の無駄だった。さっさと帰ろう。

「ちょっと待って。教えて。氷室くんにとって本当に大切なものってなに？　一生懸命になれることってなに？」

さくらが前に回り込んで食らいついてくる。必死な目をしていた。

少し前までとは別人のようだ。

付き合っていたころは、のらりくらりと相手をしているだけで、勝手に浮かれたり泣いたり喜んだり失望したりしてくれた。けれど、こんなふうに答えを引き出そうとしてくることはなかった。

誰に感化されたのか、暑苦しい。ウザい。

いつになく感情的に言葉を返していた。

「一生懸命？　あのさぁさくら、そういうの考えねぇほうがいいよ。もうガキじゃねぇんだから」

「……」

大きな瞳をこぼれそうなくらい見開くさくら。まるで俺がおかしなことを言っているみたいだ。

そんなはずはない。おかしいのは俺じゃなくて、

「こんな世の中じゃん。テキトーに生きなきゃやってけねぇよ。……そう思わねぇか」

語尾がかすれる。

なにムキになってんだ、俺。

半笑いになり、今度こそ背を向けた。

＊＊＊　　＊＊＊

吉高は編集部の休憩スペースでテレビを見ていた。

ちょうど昼間のトーク番組で南玲香《みなみれいか》がゲスト出演している。彼女は優しいまなざしを画面へ向け、穏やかな声で語る。

『一番の願いは、子どもの幸せですね』

インタビュアーの女性が感心したようにうなずいた。

『やはり、南さんは誠実な方ですね』

『普通のことだと思います。子どもの幸せを願わない母親はいませんから』

慈愛《じあい》に満ちた南のほほえみは一片の曇りもなく見える。

吉高は髪をかき混ぜ、誰に言うでもなくつぶやいた。

「確かなものなんてなに一つない。ワケわかんねぇな」

ソファーの背もたれへ身体《からだ》を預け、半眼でテレビを眺める。心は虚無に支配されていった。

「どうだ、こいつの不倫《ふりん》現場押さえられそうか」

通りがかりに声をかけてきたのは編集長の日野《ひの》だ。いぶし銀という形容がぴったりの風貌《ふうぼう》をしたベテラン記者である。

ぱっと身体を起こして答える。

「はい。あともう少しで」

「今月中には頼むな。来月から始まるドラマにぶつけるからよ」

「はい」

暗い表情のまま曖昧《あいまい》にうなずく吉高に思うところがあったらしい。日野はふ、と鼻を鳴らした。

「吉高、ちょっと付き合えよ」


吉高は屋上へ連れていかれた。

屋上とはいっても、ここはちっぽけな出版社だ。狭いし、高層ビルに囲まれていて、景色など楽しめるはずもない。

日野は背広からミントのタブレットを取り出した。二、三粒口へ放り込みながら訊いてくる。

「なぁ吉高、俺たちがやってることは、そりゃくだらねぇよ。人間のクズみたいなことだ。でもさぁ、そのクズみたいなこと、みんな待ってんだよ。なぜだと思う」

言葉につまってしまう。

テレビを見ながら考えていたどす黒い想いが、日野にはお見通しだったようだ。

さすが大先輩である。

六年前、猪原聖子《せいこ》の不倫をすっぱ抜き、『芸能チェイス』の名を世間に知らしめたのは他でもない彼だった。

「人間ってのはさ、他人様《ひとさま》の悪意や不幸が大好物だ。善意、善行、良心。そんなものよりずっとな。クズども見てるとな、安心すんだよ。俺はあたしは、こいつらよりずーっとマシだってそう思う。それが救いになるんだ。悲しいけどよ、俺たちだけじゃどうにもなんねぇ」

どれだけ情けない表情をしていたのだろう。日野はこちらを見て、やれやれとばかりに笑った。

「ま、だからさ、早いとこみんなを怒らせて、喜ばせてあげましょうよ、な」

慰めなのか肩を叩き、階段を下りていく。

膝に手を置いて屈みこんだ。

――悲しいけどどうにもならない。

動悸《どうき》が激しくなってくる。

空を見上げれば、吉高の心のごとく鈍色《にびいろ》に汚れていた。

「――――――っ！」

澱《おり》を吐き出すように叫ぼうとした。だが、声は出なかった。

＊＊＊　　＊＊＊

夜のスタジオでは、雑誌のスナップ撮影が行われていた。

「かわいいかわいい、オッケー」

上機嫌なカメラマンの声とシャッター音がスタジオに響きわたる。

氷室は女子の撮影が終わるまで、すぐ隣の控え室でスタンバイをしていた。モデル仲間のヤスとリュウも一緒だ。

「でさ、その不倫してた猪原聖子の娘ってのが案外かわいくてさ。猪原奈々っていうんだけど」

身ぶり手ぶりを交えて語る。ヤスとリュウからは気のない相づちが返る。

「ヤバ」

「ウケんね」

視線は各々《おのおの》のスマホへ注がれている。二人が眺めているのは、コンビニの冷蔵庫に入ってはしゃぐ若者の動画だった。いわゆる炎上動画である。小ばかにしたふうに鼻を鳴らしながらも見入っている。

別におもしろくはなかったが、氷室も彼らに合わせて曖昧に笑っておいた。

撮影スタッフがやってくる。

「ヤス、リュウ、出番」

「あ、俺は」

「君はいらない」

無表情で切り捨てられる。氷室は半笑いの表情のまま頰《ほお》をひきつらせた。


撮影のあと、氷室はモデル仲間五人と共にスタジオを出た。

一緒の撮影で盛り上がった女子モデル二人とヤス、リュウは会話を弾ませている。氷室はスマホをいじりながら集団の後ろを歩いていた。

丁字路《ていじろ》に差し掛かったとき、見知った顔が視界をよぎった。思わず声を上げる。

「おぉ、すっげぇタイミング。町田くんじゃん」

振り向いた彼は、スーパーのレジ袋を提げていた。氷室は四人を追い抜き、一に駆け寄る。

カバンから雑誌を取り出し開いてみせた。

「奈々ちゃんって、なにがほしい感じ？」

ネックレスや指輪の特集ページだ。

異世界でも覗《のぞ》き見るようなこわごわした目が誌面へ落とされる。

対する氷室は明るい調子で続ける。

「さりげなく訊いてみてよ。俺、女の気持ちとかよくわかんねぇからさ。あ、これ、ちなみに、俺、俺。ヤバくね？」

ページを繰ってファッションコーナーを見せる。中央にでかでかと載っているモデルの五分の一ほどのサイズで右端に写っている写真を指した。一は無言で示された箇所《かしょ》を見ている。

「どこ行くー？」

「お前調べろよ」

後ろでこのあとの予定を相談している四人の声が聞こえる。氷室は顎《あご》をしゃくって双方へ紹介をした。

「こいつらモデル友達。おい、こいつ、さっき話してた猪原奈々の友達」

ヤスが怪訝《けげん》な顔を向ける。

「は？　誰だよ、猪原って」

「知らねー」

リュウに至ってはこちらを見ようともしない。

「メシ行こメシ」

スマホの画面から目を離さず、氷室を置いて去っていく。ほかの三人も流れに従って歩いていった。

氷室は腰へ手を当て、やれやれとばかりに軽いため息をついた。

「あー、あいつらいつも人の話聞いてねぇんだよ。子どものころからチヤホヤされて育ってっから、超自己中でさ。自分にしか興味ねぇっつーか」

薄ら笑いを浮かべる氷室に、一がぽつりと言った。

「悲しいね」

「は？」

真摯《しんし》な一のまなざしに貫かれる。

「友達に話したことをすぐに忘れられたら、悲しいよ」

言われた言葉がうまく理解できない。

唖然《あぜん》としていたら肩を軽く叩かれた。一の手は思っていたより大きく感じられた。

「わかった。訊いてみるよ。待ってて」

戦地へ赴《おもむ》く兵士のように厳しい目をして彼は去っていった。


翌日、一はなかなかタイミングがつかめず、放課後になってやっと猪原をつかまえた。

帰り支度《じたく》をしている彼女の席の前に立つ。

「猪原さん、一緒に帰ろう」

彼女はぱあっと顔を輝かせた。まるで待ちに待った遠足の朝を迎えた妹のようだ。

「う、うん。はい！」

勢いよく立ち上がりリュックをつかむ。

二人は共に校門を出て、バスへ乗り込んだ。幸いすいていたから、二人掛けの席に座る。

にこにこしながら窓の外を示された。オレンジ色の美しい夕陽が見える。猪原の頬も薄ピンクに色づいている。

夕陽よりも綺麗《きれい》だと思った。

一は居住まいを正した。今しかない。

「猪原さん、ほしいものある？」

「なんで」

ピンク色だった彼女の頬が色味を増す。

目が離せない。じっと見つめて言った。

「猪原さんが好きなものを知りたいんだ」

ぽかんと口を開けたかと思うと、目もとをゆるゆると下げた。黙っているときつく見える美貌《びぼう》がやわらかくなる。

心が引っ張られる。

このまま全部を忘れて、ただ彼女を眺めていたい。

しかし当初の目的を思い出し、至って冷静に続けた。

「プレゼントしたいらしくて、氷室くんが」

「……っ」

すっと表情が消えた。赤らんでいた猪原の頬から見る間に熱が引き、唇がわなわなとふるえだす。

「無理……、さすがにそれは無理」

ぽたり、と滴《しずく》が落ちる。

それが涙だということに、すぐには気づけなかった。

彼女は腕で涙を拭《ぬぐ》い、立ち上がる。ちょうど停まったバス停で、乗り込んできた人々を押しのけて降りていく。

スクリーンごしに映画女優を見るかのごとく、なにもできずに見送った。バスは発車する。気づけば席の前に大きなカメラを抱えた男性が立っていた。

「……は」

突然胸が苦しくなった。全力疾走をしたみたいに息ができなくなる。

渇《かわ》いた喉を潤そうと何度も生唾《なまつば》をのみこむ。けれども、全然収まらない。

胸を押さえて、せわしなく瞬きを繰り返す。

いつもよりも数倍狭くなった視界に、妊婦《にんぷ》の姿が映った。

席を……譲《ゆず》らなくては。

ぐらつく頭を抱えながら立ち上がった。

「気がつかなくてすみません、どうぞ」

「ありがとうございます」

妊婦はお礼を言って座る。一はバスの前方へ移動しながらああでもない、こうでもないとぐるぐる考えた。

いつ乗ってきたのだろう。さっきのバス停か。

猪原さんが降りていったバス停。

どうして、泣いたの。

俺、またなにか――……。

胸がいっそう圧迫されて苦しくなった。

＊＊＊　＊＊＊

吉高は今日も疲れ切った格好でバスへ乗り込んだ。

人の流れに押されて後部座席へやってきたら、『町田くん』が座っていた。物静かで真面目《まじめ》顔の彼だが、今日はなぜだか呼吸が苦しそうだ。

具合が悪いのかもしれない。

どうしたのかと様子を窺《うかが》っていると、彼はおもむろに立ち上がる。

「気がつかなくてすみません、どうぞ」

隣には妊婦が立っていた。

まったく気づいていなかった。

妊婦を座らせると彼はバスの前方へ移動していく。しかし、やはり体調が優れないのか、足がふるえていた。

　かっこいいな、町田くん。

　俺には周囲を気づかう余裕なんてなかった。

　世界は悪意に満ちている、と。他人の思いやりのなさに失望していた。けれど、俺自身に思いやりはあったか？

　思いやりがないのは誰だ？

　次のバス停で停まると、一はふらつきながら降りていく。

　吉高は思わず彼を追い、呼び止めていた。

「あの」

　律儀《りちぎ》に足を止めて振り返ってくれる。

「突然ごめん。町田くんだよね。実はこのバスでよく見かけるんだよ。君にどうしても訊きたくて。君は、どうしてそんなに優しいの」

「え」

　眉《まゆ》を寄せている一に畳《たた》みかける。

「こんな世の中、ワケわかんなくない？　どうしようもないじゃん。嫌なやつとか、最低な人間ばっかりでさ」

しばらく無言で考え込んだかと思うと、暗い声で答えてくれた。

「それ、たぶん俺のことですよね」

思いもかけない返しだ。びっくりして否定する。

「いやいやいや違うよ。絶対違う。君はさっき……」

「だって俺、好きな人に悲しそうな顔をさせてしまいました！」

荒らげられた声がかぶさってくる。

面食らってしまった。

「え。好きな人……」

「好きな人？　え？　好きな人ってなんですか」

わけがわからないとばかりに頭をかきむしる一を見て、むしろわけがわからないのはこっちだと思う。

「知らないよ！　やっぱり俺、町田くんに訊いてみたい！　ねぇ、どうしたらいいと思う」

勢い込んで彼の両肩をつかんだ。正面から瞳をのぞき込む。

「聞かせてほしいんだ、好きな人を幸せにするために、誰かを傷つけなきゃいけない。そんなとき、君ならどうする？」

「好きな人ってだからなんですか！」

がしっと肩をつかみ返された。力任せに揺すってくる。形勢が逆転していた。

「え、だから俺が教えてほしいんだよ！　君ならわかるだろ。だって好きな人のためにクソみたいなことしなきゃいけないときもあるでしょ！　ねぇ、っていうか俺、見ず知らずの人になにしてるんだろう。あ、ごめん、えっ、俺なにしてるの！」

本格的に混乱してきた。頭を抱えて天を仰《あお》ぐ。

なおも肩を揺すってくる一の手には更に力が込められた。

「さっき猪原さんのことが気になって、妊婦さんの存在が全然見えなくなってて！　それってなぜですか！」

「ちょ、ちょっと待って！　ちょっと待って！　なに言ってんだ！　誰だ猪原さんって」

「わからない」

「わからない？」

「わからないです、でも俺行かなきゃ！　絶対に行かなきゃいけないんです！　すいません！」

鬼のような形相《ぎょうそう》で宣言してきたかと思えば、ぱっと手を離し、走っていく。気合いが満ち満ちたランニングフォームだ。あっという間に姿は見えなく……はならない。

かなりゆっくりのスピードである。

「やっぱり凄《すご》い青年だ……」

いろんな意味で。

一の背中が消えるまで長い時間そこに立っていた。

＊＊＊　　＊＊＊

一は懸命に走った。

坂を上り、土手を走る。そこへ、前方から自転車に乗ったニコがやってきた。

「いた！　お兄ちゃん、お母さん陣痛《じんつう》来たって！」

「！」

全身の毛穴がぶわっと開いた。

「私、けーごのお迎え行ってくるから、お兄ちゃん先に病院行ってて！　いいかげん携帯持ってよ」

ニコは一とすれ違い、坂道を猛スピードで下っていった。

母さん。猪原さん。母さん、猪原さん、母さん、猪原さん——猪原さん。

数回足踏みをし、猪原を追うことにした。

やがて、土手の草むらに座り込む姿を見つける。

「猪原さん！」

「……！」

彼女は大きく肩をふるわせて振り返る。

よかった。まだいた。でも、なんて言えば。

興奮に興奮を重ねた上に酸素不足で、頭が心臓になってしまったみたいにどくどく脈を打った。考えがまとまらないまま口を開く。

「ああ、もうどうしよう。俺……！」

穏やかな彼らしからぬ様子を見て、猪原が立ち上がる。おどろいて腰が引けていた。

「なに！」

「わからない！　わからないけど、言うね！　俺……」

「ちょっと待って！　ヤダ！」

悲鳴に近い声を上げ、猪原は走り出す。

「ヤダ？」

待って。

話を聞いてほしい。拒絶は困る。

混乱しながら追いかけた。あらん限りの力を振り絞《しぼ》って走るが、距離が全然縮まらない。

だんだん意識が朦朧《もうろう》としてくる。

ようやく猪原が振り向いた。紙のように白くなった一の顔色を見て足を止めてくれる。

「なに？」

今を逃したら次はない。

無我夢中で叫んだ。

「生まれるんだー！」

「生まれるって誰が！」

「なんて言うか、新しい町田！」

「は？　新しい町田くん？」

怪訝《けげん》そうにされた。だが、今はこれ以上考えられない。一はくるりと向きを変えた。

「だからここにいて！　俺行ってくるから」

今度は病院を目指して土手を駆け上る。まっすぐ走れず、よたよたと左右へ大きくふれた。

耳が猪原の声を拾う。

「ヤダー！」

彼女は焦って追いかけてきた。いったん離れた距離がまた縮まる。

一度は去ろうとしたものの、決意がひっくり返る。振り向けば、すがる目をしてこちらへ走ってくる猪原がいる。

今は、こっち。

「やっぱり猪原さんだ！」

磁石《じしやく》が引き合うように彼女へ突進する。

「ヤダー！」

しかし、猪原は弾かれたふうにリュックを放り投げ、再び反対方向へ逃げる。縮まったはずの距離は再びどんどん離れていった。

「どうすればいい！　わからない！」

脳天から声を絞《しぼ》り出す。

追いかけたい、だけど、追いつかない。

病院に行かないと。でも、ここにいたい。

「ここにいて！」

混乱を極めた一は、もう一度そう言い残して川べりをあとにする。

それからしばらく、視界がおぼつかなくなるころまで猪原が待ってくれていたことを、一は知らなかった。


一は病室へ駆け込んだ。

母が穏やかな顔でベッドに腰掛けている。

「え、大丈夫なの」

「よゆーよゆー。何人目だと思ってるの」

今朝まではちきれんばかりに膨《ふく》らんでいた腹部は平たくなっている。出産は終わってしまったのだと悟る。

笑いながら母は、「ねぇ」とかたわらのベビーベッドに話しかける。

そこには生まれたばかりの赤ん坊がすやすやと眠っていた。足首に水色のシリコンバンドをつけており、男の子なのだとわかる。

「よかった」

無事に生まれてきてくれて。

ゆっくりと六番目の兄弟に近づいた。足がふるえているのは疲れのせいだけではない。

母が慣れた手つきで抱き上げ、一にも抱くよう差し向ける。

「はい、お兄ちゃーん」

手を出しかけて、あわてて引っ込めた。ハンカチでよく手を拭いてから、赤ん坊を受け取る。

小さくて、ふにゃふにゃで、頼りなくて、限りなく無垢《むく》な存在。ただただ愛《いと》おしくて、まぶしくて。

視界がおぼつかなくなった。

「どうしたの、一」

「母さん、これは、奇跡だよ」

奇跡だ。

小さな命は弟としてここにいる。

誰かと同じ世界に生きることは奇跡みたいなものなのかもしれない。

俺たちは奇跡のようにこの世界で出会うんだ。

それは、猪原さんと俺も同じ。

嬉しいだけじゃなくて、苦しかったり、説明がつかなかったり。

なにをどう語れば彼女に伝わるんだろう。

夜、兄弟たちがそろった病室はとてもにぎやかになった。

「次は私が抱っこするの」

「わあ、指握ったよ。かわいい」

『六郎《ろくろう》』と名付けられた弟を囲んで、家族団らんのひとときを過ごす。一は母の体調を気づかいながら、それをほほえましく眺めていた。

「一、いつもありがとね」

しんみりと言う母に、なんでもないと小さく首を振る。少しの心地よい沈黙を挟んで、母は思いがけないことをたずねてきた。

「もしかして、好きな人ができた？」

「え……」

エスパーだろうか。

驚きで頰《ほお》の筋肉がこわばった。

「ふふっ。お母さんはなーんでもわかるのよ。一もここにいたんだから」

自分のお腹に触れてくすくすと笑う。

大切な弟をはぐくんでくれた尊《とうと》い場所。だけど、俺のは違う。

顔がぐしゃっとゆがんだ。胸を握りしめて訴える。

「母さん、俺のここ、ぐちゃぐちゃだよ。ごめんね」

苦しくて、痛くて、汚くて、いっぱいで。

こんなのは初めてだから、どうしていいのかわからない。

助けを求めてすがるまなざしを、母はしっかりと受け止めてくれた。強い笑顔で背中を押してくる。

「なんで謝るの。じゃあ今大変なときね。ほら、世界がぐるって変わっちゃうから」──

俺の世界が、ぐるっと回って──、視線の先にはロングヘアーの綺麗《きれい》な女の子が見える。

猪原さん。

「戻らなきゃ！」

彼女を川べりに待たせたままだったことに今さら気づく。

大きな声に驚いてこちらを向いた弟妹たちの姿は目に入らなかった。一は病室を飛び出し、競走馬のように前だけを見て走っていった。

猪原さん！

土手についたころには、辺りはすっかり闇に覆《おお》われていた。川は墨汁《ぼくじゅう》のごとく真っ黒だ。

――彼女はいない。

もう一歩も動けなくなり、草むらにへたりこんだ。

第六章

頑張って想像しないと

あの日から四日間、猪原《いのはら》は学校に来ていない。

一《はじめ》は空虚な瞳で彼女の席を眺めた。隣で栄《さかえ》がもの言いたげなまなざしを送ってきたが、相手をする余裕はなかった。

うつむいたまま帰宅する。玄関の扉を開ける直前、弟妹たちのひそやかな笑い声が聞こえた。いつもとちょっと雰囲気《ふんいき》が違う。

「？」

玄関の中へ入っても誰もいない。代わりに階段の向こうから再び忍び笑いが起こった。手すりから、ぴょこぴょこと頭が飛び出してくる。

「「「お帰り」」」

けいご、しおり、ミツオ、ニコ、そして、ぼさぼさの髪に無精《ぶしょう》ひげを生やした人物が現れる。

「父さん……」

そうだった。今日は父が仕事から帰ってくる日だった。


夕食後、一は食器を洗い終え、テーブルについた。そこには木彫りのお面や幾何《きか》学模様の描かれた楽器、竹籠《たけかご》やなにをかたどったのかわからない置物などが雑然と置いてある。

父は鼻歌を歌いながら、ガラス瓶《びん》に『一』『ニコ』『ミツオ』と子供たちの名前をマジックで書いている。瓶の中身はホルマリン漬けの爬虫類《はちゆうるい》だ。

「どうだ、最高のお土産《みやげ》だろ」

小さな緑色のトカゲが入った瓶を押しつけられる。無言でそれを眺めた。

「今度は長くいられるの？」

「いや、来週にはアマゾンに戻るよ。あそこはいいぞ、日本とはまるで違う世界だ」

デジカメが眼前へ差し出された。小さな画面の中では、赤みがかかった黄緑色のトカゲがゆったりと歩いている。

「ガイアナカイマントカゲっていうんだけど、カタツムリを食べてしっかり殻《から》だけ吐き出すんだ」

最大で体重四キロをこえるほど成長して、尻尾《しっぽ》で上手に泳ぐこともできるんだ、と鼻息を荒くして語る。

「かわいいだろ。ほら、どことなく母さんに似てないか」

あんまり似ていない。

だが父からすれば、愛《いと》おしいものはみんな同じカテゴリーにしたくなるのかもしれない。

「父さんは母さんのことが大好きだね」

「ん」

「母さんのこと、どうして好きになったの」

カメラを置いた父は、顎《あご》に手を当てた。そして、ぽつりとつぶやきを落とす。

「わかんなかったんだよ」

「え？」

「小さいころからずっと、色んな生き物を観察して研究してきたんだけどな、母さんだけはさっぱりだよ。そしたら、嫌でも夢中になるだろ。だから今も、研究を続けてる」

破顔《はがん》した父は両手を広げて肩をすくめる。

「どうした。一も、わからないのか」

なんでも話してごらん。そんな雰囲気だ。整理できない気持ちをそのまま吐露《とろ》する。

「うん。でも、俺は、なにもかもが、わからなくて」

「羨《うらや》ましいな」

感心したように言われるが、意味が理解できない。

父はやわらかなまなざしで、幸せな記憶を手繰《たぐ》り寄せる。

「わからないことがあるから、この世界は美しい。わからないことがあるから、この世界は素晴らしい」


「――っ」

涙の膜《まく》が盛り上がる。

「どうした」

わからない。

でも。

首を傾《かし》げた。熱い滴《しずく》が頬を伝う。

「ただただ涙が出てくる」

「わからないことから目を逸《そ》らしちゃダメだ。わからないからこそ、しっかり向き合わなきゃいけない。一、自分の胸にちゃんと聞け」

俺の世界。

猪原さんの世界。

二つは遠く離れていて、まったく未知の存在だ。

だけど、お互いの世界をもっともっと近づけて、いっしょくたにしてしまいたい。

「女の子か」

疑問ではなく確認だった。父も母も、すべてお見通しなのだ。

「すごく素敵な人だ」

きゅっとまなじりを決した。

「今すぐにでも叫びながら走って会いに行きたい」

「そうか叫びながらか。我が息子ながら、面白い生き物だ」

満足げに何度もうなずき、父が強く背を叩いてきた。

「行ってこいよ」

「わからないけど、わかった」

ごちゃごちゃする気持ちを胸に抱きかかえて走り出した。

「わ――――。なんでこんなに苦しい？」

夜の住宅街に一の絶叫が響き渡る。

伝えたい気持ち。

あふれる想い。

手足を無茶苦茶《むちゃくちゃ》に動かして、彼女のもとへ駆けていく。

猪原の住む高層マンションは、オートロックのガラスドアに閉ざされていた。入るに入れず、その前をうろうろと何往復もする。

やがて、エレベーターのランプが灯る。

固唾《かたず》をのんで待つ。エレベーターから降りてきたのは期待通りの人だった。

エントランスの扉が開くやいなや、一は駆け寄った。

「猪原さん！」

紺《こん》色のTシャツにからし色の綿のスカートを穿《は》いた猪原は、財布だけを手に持っていた。近くのコンビニへ行くといったラフな格好だ。

拳をぐっと握りしめて伝える。

「この間はごめん……。弟が生まれたんだ」

彼女はかすかに目を見開き、小さく息をつく。

「おめでとう」

返事をもらえて安堵《あんど》した。大きく一歩踏み出す。

「俺、わかりたいんだ。猪原さんのことを！」

彼女の唇がかすかに開く。眉《まゆ》を寄せ、瞳を潤ませた。だが、振り切るように背を向けてしまう。肩が頼りなくふるえていた。

「氷室《ひむろ》くんのためでしょ」

どうしてここにいない人の名前が出てきたのだろう。無言で目をしばたたいていると、また違う人の名前を持ち出された。

「さくらさんのことは？」

わからない。

今は君のことで頭がいっぱいなんだ。

質問に答えたいのに、うまい言葉が見つからないし、声も出なかった。

「誰かに優しくするってことは、誰かを傷つけるってことなんだよ」

振り返った彼女は顔をくしゃくしゃにして、今にも泣き出しそうだ。見ているだけで胸が苦しい。

「みんなを平等に大切にするって、いいんだけど、たぶんものすっごくいいことなんだけど。私のことだけを……、ごめん。やっぱり私って最っ低だね」

伝えられた言葉よりも、ひどく哀しげな笑みがずんと響く。

どうして。

わかってもらえない。届かない。——怖い。

「もう関わらないで。さよなら」

冷たく言い捨てられた声が、心臓を貫く。

世界は色を失った。

「……待って」

去っていく猪原へ手を差し伸べる。だけど、足が動かない。

「待って、待って、待って……」

声がかすれた。

エントランスの扉が閉まり、彼女はエレベーターに吸い込まれていく。

差し出した手が凍《い》てついたように固まった。

そして、上へ上へと点滅するエレベーターのランプを見ながら、その場にくずおれた。

猪原は学校を休み続けた。

昼休みになり、一の足はプールへ向かう。

そこには先客がいた。

彼女でないことはわかっているが、気は急《せ》いた。駆けつければ、人影は氷室のものだった。彼はプールの縁に気だるげに座っていた。

「猪原奈々、なんで学校来ねぇんだ？」

氷室の問いかけには答えず、暗い面持《おもも》ちを返す。

「つーか訊いてくれた？」

なんのことかと眉をひそめる。

やにわに彼はポケットから正方形の箱を取り出した。綺麗《きれい》にラッピングされている。どうやらプレゼントらしい。

そういえば。

猪原にほしいものを訊いてくれと頼まれていたのだった。約束を守ろうとした。結果、彼女を泣かせてしまい今に至る。

俺はどうすればよかったんだろう。

もっと暗鬱《あんうつ》な気分に陥《おちい》る。

「答えてくれなかった」

「なんだよ、使えねぇな。どうすんだよ、いらない物あげちゃったらごみだよ」

氷室は立ち上がった。そして、壁へ向かって箱を投げる。弧を描いて飛んでいった先には工事用具が立てかけてある。箱は降り積もった木の葉やつぶれたペットボトルが転がる掃《は》きだめの中へ落ちた。

なぜ投げたりなんか……？

「これさくらからだって。未練タラタラで腕時計なんか贈ってきた。きちーよな、時計なんか使わねぇだろ」

薄ら笑いを浮かべる氷室を見て悟る。

わざと捨てたのだ。ちっとも悪びれずに。

いけない。

背を向けている氷室の肩を叩いた。不思議そうに目を向けた彼へ、ゆっくりと嚙《か》みしめるふうに言い聞かせる。

「ダメだよ氷室くん。君はもっと、人の気持ちを大事にしなきゃだめだ」

氷室の笑いが引っ込んだ。すれ違ってプレゼントを拾いにいく。包みは破れ、少し汚れてしまっていた。丁寧《ていねい》にほこりを払い、毛羽立《けばだ》った包装紙を撫《な》でつける。

「これはごみなんかじゃない……」

言って、箱を差し出した。彼は無表情で眺める。受け取ろうとはしない。

それでも胸もとへ突き出し続けた。そのうち氷室の口から「は」と笑い声が漏《も》れる。

「なに、偉そうに説教？　人の気持ちを大事にしろ？　そんなの聞き飽《あ》きたし。今まで何百回も言われたわ」

箱から逃れるふうに身体《からだ》をそらせる。一はなおもきつく彼の胸もとへ押しつけた。

「それだけじゃない。君は人の気持ちを考えないから、自分の気持ちもわからないんだ。だから、もっと自分を大事にしたほうがいい」

いつも世界を斜め上から眺め、軽い笑顔で感情に蓋《ふた》をしている。

友だちに話を聞いてもらえないときも。

さくらの真っ直ぐな感情をぶつけられたときも。

次第に氷室の頰《ほお》が引きつっていく。凄《すご》むような低音をぶつけてきた。

「は？　なんだよ、じゃあお前はわかんのかよ。え？　その気持ちとやらを」

氷室くんの気持ち。さくらさんの気持ち。そして――猪原さんの気持ち。

何気ない問いかけに流れた彼女の涙。

拒絶する背中。

吐き捨てるように告げられた言葉。

『もう関わらないで』

――頭が破裂寸前だ。

「わからないから言ってるんだ！」

腹の底から叫んだ。さくらのプレゼントがタイルの上へ転がり落ちる。

「俺はどうしたらいいいんだ？」

自問自答する。

「知らねぇよ……。てかお前、やっぱ変だわ」

氷室は一歩後退した。一は大きく前進して距離を詰める。

「そんなの聞き飽きた。今まで何百回も言われたよ」

押され気味だった氷室も、さすがにかちんときたらしい。一の胸ぐらをつかみ、鋭い眼光を向けてくる。

「おい、なんでお前はいつもそんな一生懸命なんだよ。むかつくな、言っとくけどな、そんなに必死こいて生きてても意味ねぇぞ」

「違う！」

負けじと叫んだ。人差し指を彼の鼻先へ突きつける。

「頑張って想像しないと！　さくらさんの一生懸命な気持ちを」

氷室の瞳がさまよう。

「想像……」

胸ぐらをつかんでいた力が緩《ゆる》む。だらりと垂れた彼の手にプレゼントを握らせると、今度は抵抗しなかった。

「これには、さくらさんの一生懸命な気持ちがこもってる。だから、とても大切なはずなんだ」

「……」

黙り込んだ氷室は、これまでで一番真摯《しんし》に見えた。

＊＊＊　　＊＊＊

吉高《よしたか》は深夜に帰宅した。

寝室を覗《のぞ》くと、葵《あおい》と悠人《ゆうと》が寄り添って寝ている。

足音を忍ばせて近づいた。悠人は天使のように安らかな寝顔をし、葵は穏やかに寝息を立てている。

眺めているうち、ささくれ立っていた心が静かに凪《な》いでいく。

「……好きな人」

そっと手を伸ばして二人の額を撫でる。

葵がくすっと笑った。ゆっくりとまつげが持ち上がり、優しい瞳が現れた。

「ねぇ、どうするの？」

つられて声をひそめて笑う。

「なんだよ、起きてたのかよ」

「うん……」

うなずいた葵は気持ちよさそうに目を細める。吉高はますます笑みを深めた。

笑ってる場合じゃないな。

自分自身のために。そして、大切な二人のために。

ずっと下せないできた大きな決断を、今しなければならない。


前日は深夜に帰宅したにもかかわらず、吉高は早起きをして編集部へ向かった。

日野《ひの》をつかまえるなり、勢いよく頭を下げる。

「前にお願いしていた連載、やっぱりやらせてもらえませんか」

彼は寝不足なのか、冴えない顔をこちらへ向けた。

「はい？　そんなことよりさ、南玲香《みなみれいか》の不倫《ふりん》は撮れたのかよ」

「撮れませんでした」

きっぱりと答える。

真面目《まじめ》に告げたつもりだったが、日野は鼻であしらってきた。

「お前さ、ふざけんなよ」

立ち去ろうとする日野の正面へ回り込む。つかみかからん勢いで訴えた。

「お願いします！　ウチはＷｅｂもあるじゃないですか、それでもいいんです。書きたいことがあるんです」

やはり日野は、気のない様子で背中をぼりぼりと掻《か》きながらあくびをする。

「頼む、馬鹿も休み休み言ってください」

たとえ相手にされなくても。

吉高はまなじりを決して宣言した。

「はい、でも俺、やりますよ」

意気揚々《いきようよう》とデスクへ戻り、どかっと腰を下ろした。椅子《いす》がきしんで悲鳴を上げる。

デスクには、悠人の描いた絵が飾られている。悠人を挟んで葵と吉高で手を繋《つな》ぎ、みんなにこにこ笑っている幸せな絵だ。

人差し指でそっとなぞり、ノートパソコンを開いた。

息を整え、勢いよくキーボードを叩きはじめる。

『この世界は悪意に満ちている。笑ってしまうほど意味がわからない世界だ』

腹の奥底から不敵な笑いがこみ上げてくる。

吉高は思いつくままに文章を書き散らした。

第七章

あのときから好きだったんだ

空には暗雲が立ちこめている。

一《はじめ》はプールの縁に立って黒い水面を眺めていた。

朝に排水バルブを緩めたプールの水量は、二時間を経て三分の一くらいまで減っている。

水は渦《うず》を巻いて排水溝へ流れていく。

ブラックホールってこんな感じなんだろうか。

見ているだけで、自分も闇に引きずり込まれそうになる。

夏にしてはやけに冷たい風が頬を叩いた。空が更に暗くなる。

雨が降りそうだ。

それでもその場から動かなかった。

どこかに潜んでいたらしい鴨《かも》が出てきて、すっかり水がなくなってしまったプールを寂しげに眺める。

一羽しかいない。前は二羽で仲良く水浴びをしていたのだが。

この天気では寒いのか、羽を膨《ふく》らませている。寂しいくせに強がっているみたいに見えた。

昼には、ようやく水がなくなった。

裸足《はだし》になってプールへ下り、デッキブラシで底をこする。

へどろが積もったプールはなかなか綺麗《きれい》にならない。おまけに、とうとう小雨が降ってきた。

空からは雨、足もとはぬめる。作業ははかどらない。けれども、一心不乱に手を動かした。

夕方になって、雷が鳴り始めた。雨足が強まる。まるでプールで泳いだみたいに全身がずぶ濡れになっていた。

ただ、そのころには、プールの底は半分くらいが本来の白さを取り戻しつつあった。

まだだ。

もっと、綺麗に。

自分の胸に渦巻いている黒い感情も、プールの汚れと同じくすっきりしたらいいのに。

「センパーイ」

ピンク色の傘が視界の端で揺れた。

さくらだと声でわかった。だが、顔を上げずに手を動かし続けた。

こちらが返事をしなくても、さくらは明るく話しかけてくる。

「しばらくずっと雨みたい」

一はデッキブラシの先を見つめたまま、無言でいた。

「憂鬱《ゆううつ》ですね」

それでも彼女は会話を続けてくる。

ゆっくりと振り返り、暗いまなざしをぶつけた。

「一人にしてほしい」

「……変わったね。優しくなくなった。なんで？」

答える必要はない。

「こんなことしてなんか意味あるんですか？」

背を向け、これまでより力を入れて底を磨《みが》く。

やがて諦めたのか、彼女は肩をすくめて帰っていった。

猪原《いのはら》は自室で赤いスーツケースを広げていた。

降りしきる雨が窓を激しく叩いている。

雨の日は好きだったはず。

でも、心が落ち着かない。

服を綺麗に畳《たた》んで入れようとしても、うまくいかずいびつになってしまう。

小物を先に片づけていこう。

伸ばした手にハンカチが触れる。青地にブタのワッペンがついたハンカチ。

「……」

苦い想いが胸の奥からこみ上げてくる。

「向こうの学校、秋からなんでしょ。そんなに急がなくてもいいのに」

ふいに廊下《ろうか》から聖子《せいこ》が声をかけてきた。

物思いからはっと我に返る。

「早く行きたいの」

どんな声をしていたのだろう。ドアの隙間《すきま》から顔を出す母は、珍しく心配げだった。

「奈々《なな》、大丈夫？」

笑みを貼り付けて答える。

「うん。すっごく楽しみ」

どこか納得できない母の視線を無視して、ハンカチをスーツケースへ押し込んだ。


雨の日が続いている。

一は毎朝校門に立ち、猪原を待った。靴《くつ》がびしょぬれになっても、傘が雨漏《あまも》りしだしても、ずっと。

彼女は来ない。

世界はまるで色を失ったみたいだ。どしゃぶりの雨に隠されて、なにも見えない。

彼女とよく会った土手も歩いてみた。

降り続く雨で増水した川は茶色い濁流《だくりゅう》となってうねり、近づくのは危険だ。この場に彼女がいないことに少しほっとしながらも、やはり会えない事実に打ちのめされた。

月が変わって七月になっても、長い梅雨《つゆ》は明けなかった。通学路のあらゆる箇所《かしょ》が川のように水浸しとなっており、教室の壁も湿気を吸ってじっとりとしている。

この分ではきっと、今夜の七夕《たなばた》祭りは中止だろう。

うつろなまなざしで猪原の席を眺めた。

帰りのホームルームの時間となり、担任が教卓に立つ。ざわめいていたクラスが静かになった。

「突然だけど、猪原が転校することになった」

静まっていたクラスは再びざわつき始めた。担任は咳払《せきばら》いをして騒ぎを収める。

「本人の希望でな、ロンドンに留学が決まった」

おい、知ってたか？　そんな目で栄《さかえ》がこちらを振り向いた。

——なにも答えられない。

色を失っていた世界から、さらに音までが消え失せる。

担任の話も、クラスメイトのささやきも、聞こえなくなった。無音で降りしきる雨をただ眺める。

ホームルームが終わると、クラスメイトたちは一人、また一人と教室をあとにしていく。

けれど一は身動きせず、からっぽのままな猪原の席越しにずっと窓の外を見つめていた。

誰かが視界に割り込んできて、大きな音を立てて椅子を引く。

栄だった。

猪原の席に座り、こちらを凝視してくる。

「いいのか町田《まちだ》」

返す言葉が見つからない。ふらりと立ち上がり、おぼつかない足取りで教室を出る。行くあてもなく、廊下をさまよった。


さくらは下校中、神社へ立ち寄った。

鳥居の手前には今日行われるはずだった『七夕祭り』の看板が立ち、上から『中止のお知らせ』が貼られていた。

連日の雨で境内《けいだい》は沼地のようになっている。

ふっと息をついて立ち去ろうとしたとき、

「……え」

階段を上がった先、本殿の辺りに赤いものがちらっと見えた。なぜか胸騒ぎにおそわれる。小走りで階段を上がった。

本殿に向かって手を合わせている人の後ろ姿が見える。さくらは思わず叫んだ。

「猪原さん！」

彼女は肩をふるわせて振り返った。さくらを見て静かに会釈《えしゃく》する。傘を差し、赤いスーツケースを持って足早に去ろうとした。

「ちょっと待ってください、もしかして……」

笹の葉飾りが風に揺れ、視界を遮《さえぎ》る。色とりどりの短冊《たんざく》の中、字のにじんだ名前のないものを見つける。


『町田くんが幸せになりますように』


なんで。

言葉が出てこない。

改めて猪原はこちらへ深く頭を下げて、信じられないことを言った。

「町田くんを、よろしくお願いします」


教室に残り、男子生徒らと談笑していた氷室《ひむろ》のスマホが鳴った。

「さくらからだ」

「え、別れたんじゃないの？」

友人の驚きの声を無視し、氷室はスマホ画面に釘付けになった。

「……猪原奈々が神社にいる。どっかに行っちまうつもりらしい」

「は？　関係ねぇだろ、あんなやつ」

外野の言うことは耳に入らない。スマホを握りしめて立ち上がる。

「町田は知ってんのかな。あいつに伝えなきゃ」

いつになく深刻な氷室の態度が気に食わないのか、友人らはつっかかってくる。

「は？　なんで？　町田なんてもっと関係ないじゃん」

なんでじゃねぇよ。理由なんかどうでもいい。

「想像だよ……。想像してみればわかんだろ。このままじゃあいつ死ぬほど寂しくなるぞ」

教室の端でのんびりと帰り支度《じたく》をしていた西野《にしの》が、きりっと表情を改めこちらへ駆け寄ってくる。

「氷室くん、行こう」

真っ直ぐ見据えてくる西野に一の影が重なる。

こいつも同じなのか。

さくらも、そして、俺も。

「面倒くせぇな」

悪態をつく口とは裏腹、氷室は全速力で廊下へ駆けだした。西野もついてくる。

恥《はじ》も外聞もへったくれもない。

下駄箱《げたばこ》に靴があるのを確認した。まだ校内にいる。

「俺こっち探す！」

左右に分かれた。

どこだ？　どこを探す？　そうだ、プール。あそこでよく、猪原奈々と一緒にいたのを知っている。

上履《うわば》きのままどしゃぶりの中へ飛び出した。


氷室と別れた西野は最初に体育館へ駆け込んだ。そこでは、バレー部が練習をしていた。

「西野くん、どうしたの？」

駆け寄ってきた鈴木《すずき》に、大声で答える。

「町田くんがピンチなんだ！」

体育館をあとにすると、今度は一の教室へ向かった。

彼の姿はなく、代わりに窓際の一番後ろの席に栄が座っていた。

「栄さん、町田くん知らない？」

栄は感慨《かんがい》深げに腕を組んだ。

「これが恋愛ドラマなら、もう孫がいる」

「恋愛ドラマ、孫……」

きょとんとする西野をよそに、彼女はすっくと立ち上がる。早口で告げた。

「町田はたぶんあそこにいる。保健室だ」

普段の冷めた態度はどこへやら。栄は言い終えるやいなや、眉《まゆ》をつり上げて走り始めた。

西野は足をもつれさせ栄を追った。


一は保健室にいた。

放課後の誰もいない保健室は静かで、雨の音さえ聞こえない。

椅子《いす》に座ってベッドを眺める。そこはピンクのカーテンで仕切られている。

「……」

こうしてじっと待っていれば。

膝の上で両手を重ねた。

しばらくして、廊下の方から複数の足音が聞こえてきた。あっという間に近づき、保健室へ飛び込んでくる。

「町田くん、なにしてんの！」

息を切らせた西野がすがりついてきた。栄も一緒だ。必死な目をしている。

「猪原さん止めに行かないと！　今神社にいるんだって。今日行かなかったら、もう一生会えないかもしんないんだよ」

「今日？」

上の空でつぶやいた。

焦れた様子の西野が腕をつかんで揺すってくる。

「そう聞いたよ」

カーテンが揺れた気がした。吸い寄せられるように立ち上がり、それをめくる。

――誰もいない。

そうだ。彼女には『もう関わらないで』と拒絶されたのだ。

「……帰るね」

リュックを背負ったところ、ぐっと後ろから引きとめられる。

「待って。町田くんが行かないなら俺が行くよ！」

挑発的な口調だが、西野のまなざしには懇願《こんがん》がにじんでいた。一はうつむき、小さな声で答える。

「ロンドンって、雨が多い街なんだって。猪原さんに、きっと相応《ふさわ》しい場所なんだと思う」

あたかも自分に言い聞かせるふうに。

俺には追いかけられないから。

ふらりと保健室を出た。

はたしてそこでは、氷室が仁王立《におうだ》ちをしていた。全身びしょ濡れで、セットした髪も崩れている。全速力で走ってきたのか、肩をひどく上下させていた。

「町田、行けよ。怖がってんじゃねぇ」

怖がる？　違う。

ぴくりと右眉が動く。

「氷室くんこそだ」

「俺はさくらに謝ってヨリを戻した。地面に頭が付くぐらいガッツリ頭下げてな。本当に大切な人が誰なのか、ようやくわかったんだよ。俺なりにいろいろ考えた結果だ。お前のおかげだ、サンキューな」

鼻先へ左腕を突きつけてくる。腕時計をはめていた。さくらからのプレゼントだ。

「本当に良かった。おめでとう」

一生懸命なのが嫌だと、人の気持ちも自分の気持ちも無視していた氷室が、いろいろ考えたのだという。

彼は変わった――。

「さくらが今、神社で猪原奈々を食い止めてるはずだ」

さくらさんまで？

はっとして口走る。

「さくらさんにこの前は悪いことをしてしまった。猪原さんのことが好きで好きでどうしようもなくて、冷たくしてしまった」

何気なくこぼれた一の言葉に、氷室が笑いだした。濡れた手で一の肩を強くつかんでくる。

「好き、か。それがわかってんなら早く追いかけろよ」

「好きなら追いかけるの？」

「当たり前だろ！　バカかお前」

「凄《すご》いね氷室くんは。そういうの、誰に教わったの」

「『メンズノンノ』だ」

彼はどんと胸を叩いて自信満々に言い切った。

「なぁ町田、お前にも大切なことを教えてもらったんだぜ。俺、これからはみっともなくても、一生懸命やってやろうと思ってんだよ！　そうやって自分の世界を変えてやろうと思ってんだ！」

ずぶ濡れでくたびれた格好をしているのに、氷室は今までよりもずっと輝いて見えた。

あまりにまぶしくて、一は目を細める。

「ごめんな、独り言だよ。行ってこい」

不思議だ。

真っ暗だった世界に、一条の光が射してきた。

さっそく下駄箱《げたばこ》へ向かって走り出そうとする。保健室から出てきた栄がなにかをこちらへ投げてきた。

「おい町田、こっちのほうが速い。私の、ピンクの自転車だ」

赤いキーホルダーのついた鍵《かぎ》が飛んでくる。

とっさに両手を出して、ナイスキャッチ！　……したつもりが、情けない音を立てて床へ落ちる。

「それでこそ町田」

栄は嬉しげにほほえんでいた。


一は駐輪場までやってきた。

小さな屋根の下、連日の雨で置きっぱなしになった自転車が二列に向かい合い、びっちりと詰まっている。

その中から栄のピンクのものを見つけ、手を掛けた。隣り合った自転車にハンドルが引っかかって出てこない。

なんとか引っ張り出そうと前方へ回ると、リュックが背後にぶつかり――たちまちドミノ倒しになる。

「しまった」

あわてて振り返ったら今度は反対側に当たり、こっちもドミノ倒しになってしまう。

これだけ膨大《ぼうだい》な量だ。直すにはひどく時間がかかる。

どうしよう。どうしよう。

焦っているのと雨で手が滑るのとで、一台起こすのにもひと苦労だ。

そこへ、校舎の方から見覚えのある男子生徒が駆けてきた。

「君は……」

「町田くん、ポスター貼るのを手伝ってくれたよね。今度は僕が助けるよ」

彼はにっかりと笑う。額に玉の汗を結び、せっせと働き始めた。

「私も！」

これまた見覚えのある女子生徒が髪を振り乱して走ってきた。彼女は図書室で本を運ぶのを手伝った子だ。制服が濡れるのも汚れるのも厭《いと》わず一を助けてくれる。

「「町田くん、ピンチだってね！」」

さらに集団が駆けつけてきた。バレー部員だった。彼らは四方八方から手を伸ばし、どんどんと自転車をもとの位置へ直していく。

「みんな……」

胸にあたたかいものがこみ上げてくる。

「これから好きな人を追いかけるんだ」

素直な言葉があふれる。

ジャージ姿の鈴木が、一の隣に立った。

「頑張って。会えるといいね」

鈴木はひと思いにピンクの自転車を引き出してくれた。さすが運動部、力がある。

「みんな、ありがとう。みんなでやれば早く終わるね」

「違う町田くん。君は行くんだ」

倒れている自転車をつかむ手が止められた。鈴木が首を振っている。ぽかんとしていると、ピンクの自転車のハンドルを握らせられる。

その場にいた全員が、こちらを見てうなずいている。

行って。

気持ちが伝わってきた。

「わかった。わからないけど、わかった」

深くお辞儀《じぎ》をし、自転車にまたがった。みんなが出てきて大きく手を振ってくれる。

全国大会の壮行会に出る選手って、こんな気分なんだろうか。高揚《こうよう》してくる。

校舎を見上げれば、窓辺で栄と西野も手を振っていた。氷室もカッコつけたポーズで送ってくれる。

一はよろけながら、雨の中へ飛び込んでいった。

川べりの土手はひどくぬかるんで、タイヤが取られる。けれども、一は死力を尽くしてペダルを踏んだ。

息は上がり、手足は痺《しび》れ、メガネは曇り、全身びしょ濡れだった。けれど、頭は猪原のことでいっぱいで。ただただ胸が熱い。

さっと開く保健室のカーテン。現れる美少女。

器用に巻いてくれたハンカチ。繊細《せんさい》な手。

目が離せなかった。ずっとだ。

「なんだ……。もうあのときから好きだったんだ」

花がほころぶような笑顔、雨に濡れて寂しげに伏せたまつげ、メガネをかけて遠くをさまよう瞳、合わさった指先の熱——。

「あのときも、あのときも、ずっと好きだったんだ……」

見上げた雨空は真っ暗で、生気を失った色をしている。

けれど、世界はいっそうみちがえるほど鮮やかに、輝いて見えた。

やがて、神社にたどり着く。

自転車を飛び降りて、石段を駆け上った。

「猪原さん……」

本殿の脇から、すっと傘を差した人物が現れる。さくらだ。

「先輩、空港！　ごめんなさい、引き止められなかった。てゆうか、携帯持ってください
よ！　早く空港！」

彼女は半泣きで訴えかけてきた。

「わかった、ありがとう」

彼女へ背を向けかけて、足を止めた。

「さくらさん、風邪《かぜ》ひかないでね」

「もうー！　早く、早く行って」

さくらはじれったそうに顔をしかめていた。

自転車は坂道へさしかかった。
雨にメガネを激しくたたきつけられて、前方がよく見えない。それでも一は立ちこぎを
してがむしゃらに走った。
ふと、不明瞭な視界の中、いくつもの丸い物体が浮かび上がる。
首を振ってメガネの水滴をとばし、仰《あお》ぎ見た。

赤、黄色、橙《だいだい》、青……色とりどりの風船が木に引っかかっている。木の根本にはランドセルを背負った少年がいた。

「また風船を放しちゃったんだね」

助けてあげたい。

だけど、行かなきゃいけない。急いでいるんだ。

どうしよう。

自転車を止めて逡巡《しゅんじゅん》する。

男の子はすがるまなざしをこちらへ向け、木の上を指さした。

——やっぱり無視できない。

行かなければという思いに蓋《ふた》をして、自転車を乗り捨てた。太い木の幹へ手をかける。ぐっと指先に力を込め、足を踏ん張る。木登りなんか得意じゃない。けれど、ふわふわ浮かぶ風船を見上げて登った。

目から水滴がこぼれる。降りつける雨なのか、涙なのかわからない。とにかく、必死に高みを目指した。

「猪原さん、猪原さん……」

自然と想いが口をついて出る。

あと少しで手が届くのに。

「猪原さん？」

子どもも特有の甲高《かんだか》い声が足下から聞こえた。下へ向かって鼻声で答える。

「あ、ごめん、俺の好きな人だ。会いたくて、会いたいけど、もう間に合わない」

無邪気な声が返ってきた。

「じゃあ早く行って」

同時、伸ばした指先が紐をつかんだ。一は思わず叫んでいた。

「……猪原さん！」

ごうっと音を立てて風が吹き上げた。

雨が止み、黒雲がさっと分かれて太陽が顔を出す。

まぶしい！

やけに陽が近い――と思ったら。

浮いていた。

鮮やかな風船たちにぶらさがり、ふわふわと宙にとどまっている。

このまま天を駆けていけば、会えるだろうか。

猪原さんに、手が届くかもしれない。

「ごめん、やっぱり、どうしても、どうしても会いたいんだ！　行っていい？」

足下の男の子は力強くうなずいた。そのとたん、花火のごとく、一はどんっと天空へ打ち上げられた。

第八章

町田くんの世界

猪原《いのはら》は電車のドアの前に立ち、雨の街を眺めていた。

「あ！」

背後から男性の声がして、速い足音が近づいてくる。

「君、町田《まちだ》くんと一緒にいた子だよね」

振り向くと、ジャケット姿の知らない男性だった。こちらが警戒しているのに気づいたらしく、彼は名刺を見せてくる。

「俺、吉高《よしたか》っていって出版業界にいてね、あやしいものじゃないよ」

あわてているのかずいぶん早口だ。彼はカバンをあさり、書類を取り出す。

「とにかく、これを読んでほしいんだ。町田くんにも渡したいんだけど、なにせ名前しかわからなくて」

Ａ４サイズの白い紙には、中央に縦書きでこう書いてあった。

『町田くんの世界』

「……！」

ついつい手を伸ばして受け取ってしまう。

唾《つば》をのみ込み、ゆっくりと表紙をめくる。

『この世界は悪意に満ちている。弱い者をいじめ、自分のことしか考えない。命を簡単に踏みにじり、他人の不幸を喜ぶ。思いやりなんて存在しない』

隣に立つ吉高はまるで神の審判を待っているみたいだ。

『この世界は悪意に満ちていてまるで救いようがない。……長い間、そう思いながら暮らしてきた。でもある日、私の前にひとりの青年が現れた』

メガネのクラスメイトの姿が浮かぶ。

町田くん——。

『世界は悪意に満ちている。……本当にそうだろうか』

辛辣《しんらつ》な冒頭から始まる記事の温度が変わった。

はっとして窓の外を見る。いつしか薄日が差していた。あれだけ長く続いていた雨がやんだのだ。

冷え切っていた身体《からだ》が久しぶりの太陽にあたためられていく。一《はじめ》を思い出すたび、心が熱を取り戻していく。

再び目線を紙上へ落とした。どうしてか、視界がゆがんでよく見えない。目頭《めがしら》が熱くてたまらない。

困った人を放っておけない町田くん。

他校生に絡まれている西野《にしの》を救ったのも。

泣いているさくらに向かい合ったのも。

氷室《ひむろ》の願いを聞こうとしていたのも。全部。

彼の周りではいつも優しい風が吹いている――。

『猪原さん……』

懐かしい声が聞こえたような気がした。

いつも、真っ直ぐなまなざしを向けてくれた。

どんな言葉も正面から受け止めてくれた。

私がずっとほしかった言葉をくれた人。

『彼が、町田くんという名の青年が見る世界はきっと、美しいに違いない』

雲間より射す光が、いっそう強くなった。車窓《しやそう》から見える街並みが宝石のごとく輝き始める。

猪原は吉高の記事を読み終えて顔を上げた。小さく鼻をすすって彼へ返す。吉高はそれを受け取り、大切そうにカバンにしまった。

「これ、上司に出したんだ。どうしても発表したくて。でも、ダメだった。読者は、人間の善意より悪意のほうが好きなんだって」

自嘲《じちよう》の笑みを浮かべる吉高に、猪原は首を振った。

「とても素敵でした。町田くんに、会いたくなりました」

今会えたのなら、どんなにか——。

涙に濡れた視線を車窓の外へ送る。

「え……」

極彩色《ごくさいしき》の球の固まりが、ものすごい速さでこちらへ向かって飛んでいる。見た目は風船だが、飛び方がジェット機のようで目を疑う。

しかも、風船の糸の先には一がいた。

驚きのあまりドアにすがりついた。白昼夢《はくちゆうむ》でも見ているのだろうか。

思わず目をやれば、吉高も眼球が飛び出しそうなほど目を見開いて車窓に額をくっつけている。

夢ではない。これは紛《まぎ》れもなく現実だ。

風船を握りしめた一は、すさまじい風圧に蒼白な顔をゆがめている。

「町田くん！」

思わず窓を叩いた。もちろんこの程度ではこちらに気づかず、ぎゅんと勢いよく通り過ぎていく。

車内の二人は焦れて足踏みをした。

次の駅に到着するまでが、永遠のごとく長く感じる。

ドアが開くやいなや、そろって飛び出した。乗客たちはみんな手もとのスマホに夢中で、二人が降りたことすら気づかなかった。


「こっちだ！」

吉高は雑居ビルの外階段を駆け上がる。猪原もスーツケースを抱えて後に続いた。ビルの屋上は大小様々な室外機やむき出しのパイプや錆《さ》びた鉄板などで雑然としていて、足場が悪い。猪原の進みは遅くなる。

「貸して」

彼女の代わりにスーツケースを引いたが、このままでは一を見失ってしまう。

「ダメだ、気づいてない。あ、これどうしよ。いいか、もう置いてっていいね」

つい漏《も》らすと、即答が返ってきた。

「いらないです」

よし。

赤いスーツケースを放り出し、二人して全速力で一を追う。

「町田くん！」

「町田くん!!」

口々に叫ぶ。

なんてこった。まだ気づかない。

とうとう一番高い場所へ来た。猪原が声の限りに彼を呼ぶ。

「町田くん！」

「……あっ、猪原さんだ！」

彼ら二人の目が合った！

宙に浮かぶ一はおぼれた子どものように必死にもがいて方向転換しようとする。

が、激しい風が吹き、大きく逸《そ》れて屋上と反対方面へ飛んでいった。
「どうするの！」
つい訊いてしまうと、真剣な声で猪原に叫び返された。
「わかりません！」
だが、次こそは、とばかりの強いまなざしだ。
彼女の視線の先で、一が再び手足をばたつかせてこちらを目指そうとしている。
この二人なら、きっと。
なんとかしてくれるんじゃないか、そんな気がする。
頑張れ、猪原さん。町田くん。
手に汗を握る。
猪原はひときわ大きな室外機の上へ飛び乗った。
とうとう一の身体がこちらを向く。息を詰める猪原につられて吉高も唾をのみ込んだ。
――来る。
剛速球のごとく向かってくる一。両手を広げて待ちかまえる猪原。
張りつめる空気。
そうか、これだ。

恋……！

「わからないのが恋ってやつか。今度、君たちのこと、小説に書くよ！　町田くん、これは奇跡か！」

一は律儀《りちぎ》に叫び返してきた。

「わかりませーん！　猪原さん！」

手が伸びる。

今だ。

「町田くん！」

猪原が高く高く飛び上がった。次の瞬間、抱き合った二人はそのままの勢いで空へ吹き上げられていく。

世界は、なんて——輝かしい。

奇跡を目《ま》の当たりにした吉高は、満面の笑顔で遠ざかっていく二人へ手を振った。

やがて風船は空へ舞い上がる勢いを緩《ゆる》めた。

光に満ちた穏やかな風に吹かれ、ゆらりゆらりと辺りを浮遊する。一は左腕にしっかりと猪原を抱き留め、きらきら輝く街を見下ろした。

神社が見える。

鳥居の横にたたずむピンクの傘のもとへ、氷室がやってきた。傘が畳《たた》まれると、嬉しげなほほえみを浮かべたさくらの姿が現れる。

二人はそっと腕を絡めて空を見上げた。

「あれ……！」

こちらに気づいたらしい。身を寄せ合い、ぽかんとして氷室が口走る。

「ヤバイって……」

気ままな風が吹き、再び風船が高く飛び上がる。今度は川べりが見えた。ニコとミツオ、しおり、けいごが手をつないで歩いている。

「お、お兄ちゃん……!?」

気づいたニコの声が裏返る。ミツオが大はしゃぎで飛び上がった。しおりとけいごも笑いながら土手を走った。

一の家の屋根も通り過ぎた。

庭に母がいる。腕には六郎《ろくろう》を抱いているようだ。

「まあ……」

空を見上げて母は幸せそうに笑った。

学校の昇降口には、雨宿りをしている栄《さかえ》と西野《にしの》がいた。

「帰ろっか」

先に一歩踏み出した栄を西野が呼び止める。

「栄さん！　俺、実は栄さんのこと、ずっと気になってたんだ……！」

そのとき、頭上を影が通り過ぎる。二人は同時に見上げて、こちらを指をさした。

風船は止まることなく、一と猪原を運んでいく。

きらめく川面、整然と並ぶ街並み、眼下に広がる世界は今まで見たどの景色よりも美しい。

やがて、西の空が赤く染まってきた。

「これからどうすればいいんだろう……」

ぽつりとこぼした彼女のつぶやきに、腕へ力を込めることで応えた。

「わからない……、けど。ゆっくりいこう」

二人のペースで。

……伝わったようだ。

彼女はきゅっと抱きついてきた。

目の前を鳥が横切った。よく見れば、つがいの鴨《かも》だった。

「見て。あの鴨じゃない？」

二羽は風船と併走して飛ぶ。

かわいい、と思ったのもつかの間、鴨が風船をつつきだした。

「!!」

小気味のいい音を立てて赤い風船が割れる。青も、黄色も、次々と割れ、がくんと高度が下がった。支えを失った二人は、真っ逆さまに落ちていく。

「――――！」

「私たち、死ぬね」

頬《ほお》をひきつらせる猪原を守ろうと、胸にかき抱く。足下には満杯の水を張った学校のプールが大きな口を開けて待ちかまえていた。

しっかり掃除《そうじ》をしたあとだから水は澄んでいる。

「――っ！」

白い水柱が上がる。

夕陽に照らされた真紅の水が二人を受け止めた。

薄桃色にきらめく泡《あわ》に包まれて、一は目を開ける。メガネが失われていた。

酸素を求めてもがけば、あっさりと水面へ浮かび上がった。すぐ先に猪原も頭を出し、ぷかぷか上下しながらこちらを見ている。

よかった。猪原さんがいる。

俺の目の前に。こっちを向いてくれている。

奇跡、だろうか。

「なんでだろう、わかんないけどまだ生きてる！」

「なんでだろう、生きてるね！」

嬉しげにうなずいた彼女は、辺りを見回す。赤く輝くプールに照らされた頬は桜の花のごとく色づいている。

「綺麗《きれい》……。ねぇ、町田くん。町田くんにはなにが見えてるの？　優しい人ばっかり？　醜《みにく》くて、どうしようもないような人間は、町田くんには見えてないの？」

ぼやけた視界の中で、彼女の姿だけがはっきりと見えた。

「今は、今は猪原さんが見える。猪原さんしか見えない。ほかのものは、見えなくなってしまいそうなんだ。それって、それって、いいことなんだよね」

想いがあふれ出す。

これは、一人で抱えるには大きすぎるから。

深く息を吸い、はっきりと告げる。

「猪原さん、君が好きだ」

彼女は顔をくしゃっとゆがめた。目にみるみる涙がたまっていく。そして、満面の笑みを浮かべてくれた。

「私も……」

一は彼女へ手を伸ばす。

二人の世界が近づき——、ひとつになった。

※この作品はフィクションです。実在の人物・団体・事件などにはいっさい関係ありません。

集英社オレンジ文庫をお買い上げいただき、ありがとうございます。
ご意見・ご感想をお待ちしております。

●あて先
〒101-8050　東京都千代田区一ツ橋2-5-10
集英社オレンジ文庫編集部 気付
後白河安寿先生／安藤ゆき先生

映画ノベライズ

町田くんの世界

集英社オレンジ文庫

2019年4月24日　第1刷発行

著　者　後白河安寿
原　作　安藤ゆき
発行者　北畠輝幸
発行所　株式会社集英社
〒101-8050東京都千代田区一ツ橋2-5-10
電話【編集部】03-3230-6352
【読者係】03-3230-6080
【販売部】03-3230-6393（書店専用）
印刷所　大日本印刷株式会社

※定価はカバーに表示してあります

ISBN 978-4-08-680250-5 C0193

集英社オレンジ文庫

家木伊吹

放課後質屋
僕が一番嫌いなともだち

生活費に困り、質屋を訪れた
貧乏大学生の家木。品物の思い出を
査定し、質流れすれば思い出を物語に
して文学賞に投稿するという店主に、
家木は高額査定を狙って嘘をつくが…。

集英社オレンジ文庫

時本紗羽

告白しましょう星川さん!

「恋なんてロクなもんじゃない」
化粧品会社に勤める枯れかけアラサー
星川諒二の前に現れた女子高生の明花。
「人が恋に落ちた瞬間が視える」
という彼女に振り回され、
星川の日常が変化していく…。

集英社オレンジ文庫

ゆきた志旗・ひずき優
一穂ミチ・相羽 鈴

昭和ララバイ

昭和小説アンソロジー

英国人の血を引く少女と令嬢の友情、
出征前の晩餐に込めた想いを食べる妖怪、
学生運動に興味のない青年が経験した恋、
奥手な女子大生のバブリーライフ…
激動の昭和を生きた人々を描く全4編。